文学常识丛书

人和政通

翟民　主编

黄河出版传媒集团
阳光出版社

图书在版编目（CIP）数据

人和政通 / 翟民主编. —— 银川：阳光出版社，
2016.6（2020.12重印）
（文学常识丛书）
ISBN 978-7-5525-2720-9

Ⅰ.①人… Ⅱ.①翟… Ⅲ.①古典散文 – 文学欣赏 –
中国 – 青少年读物 Ⅳ.①I206.2–49

中国版本图书馆CIP数据核字(2016)第157561号

文学常识丛书　人和政通　　　　　　　　　　翟民　主编

责任编辑　金小燕
封面设计　民谐文化
责任印制　岳建宁

黄河出版传媒集团
阳光出版社　出版发行

出 版 人　薛文斌
地　　址　宁夏银川市北京东路139号出版大厦（750001）
网　　址　http://www.ygchbs.com
网上书店　http://www.shop129132959.taobao.com
电子信箱　yangguangchubanshe@163.com
邮购电话　0951-5047283
经　　销　全国新华书店
印刷装订　河北燕龙印刷有限公司
印刷委托书号　（宁）0019161

开　　本　710 mm×1000 mm　1/16
印　　张　9.5
字　　数　120千字
版　　次　2016年11月第1版
印　　次　2021年1月第2次印刷
书　　号　ISBN 978-7-5525-2720-9
定　　价　28.50元

前　言

　　源远流长的中华五千年文化，滋养着生生不息的中华民族。那些饱含圣贤宗师心血的诗歌、散文，历经了发展和不断地丰富，融入了中华民族的血脉，铸就了中华民族的脊梁，毋庸置疑地成为宝贵的文化遗产、永恒的精神食粮、灿烂的智慧结晶。然而受课时篇幅所限，能够收入到中小学教科书的经典作品必定是极少数。为此，我们精心编辑了这一套集古代经典诗歌分类赏析、古代经典散文分类赏析为一体的《文学常识丛书》。

　　本套丛书包括：古代经典诗歌分类赏析共十册——《诗中水》《诗中情》《诗中花》《诗中鸟》《诗中雨》《诗中雪》《诗中山》《诗中日》《诗中月》《诗中酒》；古代经典散文分类赏析共十册——《物华风清》《人和政通》《诙谐闲趣》《情规义劝》《谈古喻今》《修身养性》《奇谋韬略》《群雄争锋》《逝者如斯》《天下为公》。

　　读古诗，我们会发现诗人都有这样一个特征——托物言志。如用"大鹏展翅""泰山绝顶"来抒发自己对远大抱负的追求，用"梅兰竹菊""苍松劲柏"来表达自己对崇高品格的追慕；用"青鸟红豆""鸿雁传书"寄托相思，用"阳关柳色""长亭古道"排解离愁，用"浮云"来感慨人生无常、天涯漂泊，用"流水"来喟叹时光易逝、岁月更替，用"子规"反映哀怨，用"明月"象征思念……总之，对这些本没有思想感情的自然物，古代诗人赋予它们以独特的寓意，使之成为古诗中绚丽多彩的意象。正是这些意象为古诗增添了无穷的魅力。

　　古典散文同样也散发着艺术的光辉，但更引人瞩目的是它所蕴含的思想精华，或纵论古今，或志异传奇，或微言大义，或以小见大，读后不禁让我们对古人睿智的思想和优美的文笔赞叹不已。

希望能通过这套丛书，使广大中学生对祖国光辉灿烂的文化遗产有一个更深刻的认识。

编者

目　录

作者简介

　　左丘明(公元前 556—前 451 年),姓丘名明。因世代为左史官,故尊为左丘明。他博览天文、地理、文学、历史等大量古籍,学识渊博。任鲁国左史官,为时人所崇拜。左丘明亦编修国史,日夜操劳,历时 30 余年,一部纵贯 200 余年、18 万余字的《左传》定稿。

　　《左传》又称《春秋左氏传》《左氏春秋》,是一本编年体史书,也是优秀的散文典范。记载了从鲁隐公元年(公元前 722 年)至鲁悼公四年(公元前 464 年)的周王朝及诸侯国的许多重大历史事件。与《春秋公羊传》《春秋穀梁传》合称"春秋三传"。

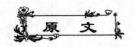

郑伯克段于鄢

初，郑武公娶于申①，曰武姜，生庄公及共叔段②。庄公寤生③，惊姜氏，故名曰"寤生"，遂恶④之。爱共叔段，欲立之⑤。亟⑥请于武公，公弗许。

及庄公即位，为之请制⑦。公曰："制，岩邑⑧也，虢叔⑨死焉，佗⑩邑唯命。"请京，使居之，谓之京城大⑪叔。

祭仲曰："都，城过百雉⑫，国之害也。先王之制：大都，不过参国之一⑬；中，五之一；小，九之一。今京不度⑭，非制⑮也，君将不堪⑯。"公曰："姜氏欲之，焉辟害？"对曰："姜氏何厌之有⑰？不如早为之所⑱，无使滋蔓⑲！蔓，难图⑳也。蔓草犹不可除，况君之宠弟乎？"公曰："多行不义，必自毙，子姑㉑待之。"

既而大叔命西鄙、北鄙二于己㉒。公子吕㉓曰："国不堪二，君将若之何㉔？欲与㉕大叔，臣请事㉖之；若弗与，则请除之。无生民心㉗。"公曰："无庸㉘，将自及㉙。"大叔又收二以为己邑㉚，至于廪延㉛。子封曰："可矣，厚将得众㉜。"公曰："不义不暱㉝，厚将崩。"

大叔完聚㉞，缮甲兵㉟，具卒乘㊱，将袭㊲郑，夫人将启之㊳。公闻其期㊴，曰："可矣！"命子封帅㊵车二百乘以伐京。京叛大叔段，段入于鄢，公伐诸㊶鄢。五月辛丑，大叔出奔㊷共。

遂寘姜氏于城颍⁴³，而誓之曰："不及黄泉，无相见也。"既而悔之。颍考叔为颍谷封人⁴⁴，闻之，有献于公，公赐之食，食舍⁴⁵肉。公问之，对曰："小人有母，皆尝⁴⁶小人之食矣，未尝君之羹⁴⁷，请以遗⁴⁸之。"公曰："尔有母遗⁴⁹，繄⁵⁰我独无！"颍考叔曰："敢问何谓也？"公语⁵¹之故，且告之悔。对曰："君何患焉⁵²？若阙⁵³地及泉，隧⁵⁴而相见，其谁曰不然⁵⁴？"公从之。公入而赋⁵⁵："大隧之中，其乐也融融！"姜出而赋："大隧之外，其乐也泄泄⁵⁶！"遂为母子如初⁵⁷。

君子⁵⁸曰："颍考叔，纯孝也，爱其母，施⁵⁹及庄公。《诗》曰'孝子不匮⁶⁰，永锡⁶¹尔类。'其是之谓乎⁶²！"

《左传·隐公元年》

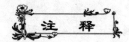

注　释

①申：国名，姜姓。

②共叔段：郑庄公的弟弟。共，卫国邑名，在今河南辉县。叔，排行在末的。段，名字叫段。段后来出奔共国，所以称共叔段。

③寤：通"牾"。寤生即逆生，也就是难产。

④恶：厌恶。

⑤立之：立之为太子。

⑥亟：屡次。

⑦请制：请求把制这个地方作为封地。制，地名。

⑧岩邑：险要的城镇。邑，人群聚居的地方，大小不定。

⑨虢（guó）叔：东虢国的国君，姬姓，伯爵。东虢后为郑所灭。

⑩佗：同"他"。

⑪京:郑国地名,在今河南荥阳县东南。大:即"太"。

⑫城:指城墙。雉:量词,计算城墙面积的单位。长3丈,高1丈为1雉。

⑬参国之一:国都的1/3。国,国都。古制,侯伯之国的国都,城墙为300雉,即方5里,每面长900丈。

⑭不度:不合法度。

⑮非制:不合法制。

⑯不堪:无法忍受,无法控制。

⑰何厌之有:有什么满足,哪里有满足的时候。厌,通"餍",满足。

⑱早为之所:早点给他安排个地方。

⑲无:通"毋",不要。滋蔓:滋长、蔓延,无限制地扩张势力。

⑳图:图谋,对付。

㉑子:古代男子的尊称。姑:姑且。

㉒既而:过了不久。鄙:边境的城邑。二于己:二属于己,即一方面属于庄公,一方面属于自己。

㉓公子吕:字子封,郑国大夫。

㉔若之何:这件事怎么办?

㉕与:给予,指把国家政权交给大叔。

㉖事:侍奉。

㉗无生民心:不要使人民产生二心。

㉘无庸:不用。庸,用。

㉙将自及:将会自己赶上灾祸。及,动词,赶上。

㉚收二以为己邑:把以前两属的边邑收归为自己的边邑。二,指上文的西鄙、北鄙。

㉛廪延:郑国地名,在今河南延津县北。

㉜厚:原指山陵大。这里指土地广大,势力雄厚。得众:得到民心。

㉝不义不暱:对君主不义,对兄长不亲。

㉞完:修治城郭。聚:聚集百姓。一说是指聚集粮食。

㉟缮:修理,制造。甲兵:泛指武器装备。甲,戎衣。兵,兵器。

㊱具:准备。卒:步兵。乘:兵车。

㊲袭:偷袭。

㊳夫人:指武姜。启之:为共叔段开门,作内应。

㊴其期:袭郑的日期。

㊵帅:通"率",率领。

㊶诸:兼词,"之于"的合音字。

㊷出奔:逃到国外避难。奔,快跑。

㊸寘:放置。城颍:郑国地名,在今河南临颍县西北。

㊹颍考叔:郑国大夫。颍谷:郑国地名。封人:管理疆界的官。

㊺舍:放置,不吃。

㊻尝:辨别滋味。这里是吃的意思。

㊼羹:带汁的肉食。

㊽遗(wèi):赠送,送给。

㊾尔有母遗:你有母亲可送。

㊿繄(yī):语气助词,用在句首。

51语(yù):告诉。

52何患焉:对这件事忧患什么呢?焉:兼词,于此。

53阙:通"掘",挖。

54隧:用作动词,挖隧道。

54其谁曰不然:谁说不是这样?

55赋:赋诗。

⑤融融、泄泄(yì)：迭音词，快乐的样子。

⑤如初：和好如初。

⑤君子：指有道德有地位的人。这是作者假托"君子"来发表议论。

⑤施：延及，这里指影响。

⑥匮：竭尽。

⑥永锡(cì)尔类：永久把孝赐给你的同类。锡，通"赐"。

⑥其是之谓乎：大概说的就是这种情况吧。

译 文

当初，郑武公娶了申国国君的女儿为妻，叫做武姜；生下了庄公和公叔段。庄公脚在前倒生下来，使姜氏受了惊吓所以取名叫"寤生"，武姜因此讨厌庄公。武姜疼爱共叔段，想立他为太子，多次向武公请求，武公都没有答应。

等到庄公当上了郑国国君，武姜为共叔段请求把制这个地方作为他的封地。庄公说："制是个险要的城邑，从前虢叔就死在那里，如果要别的地方，我都答应。"武姜又为共叔段请求京这个地方，庄公就让共叔段住在那里，称他为"京城太叔"。

祭仲说："都城超过了三百丈，就会成为国家的祸害。按先王的规定，大的都城面积不能超过国都的三分之一。中等的不超过五分之一，小的不超过九分之一。现在的京邑，大小不合法度，违反了先王的制度，这会使您受不了。"庄公回答说："姜氏要这么做我怎能避开这祸害呢？"祭仲说道："姜氏有什么可满足呢？不如趁早给他另外安排个容易控制的地方，不让他的势力蔓延。如果蔓延开来，就难于对付了。蔓长的野草都除不掉，更何况是您受宠的兄弟呢？"庄公说："干多了不仁义的事情，必定会自取灭亡，您姑且看着吧。"

　　不久之后，太叔命令西边和北边的边邑也同时归他管辖。公子吕说："一个国家不能容纳两个君王，您打算怎么办？如果您想把国家交给太叔，就请允许我去侍奉他；如果不给，就请除掉他，不要使百姓产生二心。"庄公说："用不着，他会祸及自己。"随后，太叔又把双方共管的边邑收归自己，一直把邑地扩张到了廪延。公子吕说："可以动手了。他占多了地方就会得到百姓拥护。"庄公说："不行仁义就不会有人亲近，地方再大也会崩溃。"

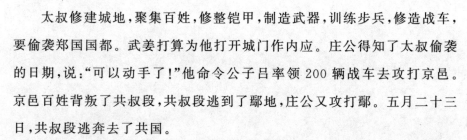

　　太叔修建城地，聚集百姓，修整铠甲，制造武器，训练步兵，修造战车，要偷袭郑国国都。武姜打算为他打开城门作内应。庄公得知了太叔偷袭的日期，说："可以动手了！"他命令公子吕率领200辆战车去攻打京邑。京邑百姓背叛了共叔段，共叔段逃到了鄢地，庄公又攻打鄢。五月二十三日，共叔段逃奔去了共国。

　　于是庄公把武姜安置到城颍，并向她发誓说："不到地下黄泉，永远不再见面。"不久他又后悔这么说。颍考叔当时是颍谷管理疆界的官员，他听说了这件事，就送了些礼物给庄公。庄公请他吃饭，他却把肉放在一旁不吃。庄公问他为什么，颍考叔回答说："我有个母亲，我的饭食她都吃过，就是从未吃过君王的肉羹，请允许我拿回去给她。"庄公说："你有母亲可以送东西给她，唯独我没有！"颍考叔说："请允许我大胆地问一下，这话是什么意思呢？"庄公把心里后悔的事告诉了他。颍考叔说："君王您担忧什么呢？如果掘地见水，打成隧道去见面，那谁能说这不是黄泉相见？"庄公听从了颍考叔的话去做。庄公进入隧道，赋诗说："隧道当中，心里和乐自得！"武姜走出隧道，赋诗说："隧道之外，心中快乐自在！"于是，母子和好如初了。

　　君子说："颍考叔真是个孝子。他爱自己的母亲，还影响了郑庄公。

《诗·大雅·既醉》说:'孝子德行无穷,永久能分给同类。'大概说的就是这样吧!"

小人有母,皆尝小人之食矣,未尝君之羹,请以遗之。

作者简介

孔子(公元前551—前479年),名丘,字仲尼。春秋末期思想家、政治家、教育家,儒学学派的创始人。鲁国陬邑(今山东曲阜东南)人。曾修《诗》《书》,定《礼》《乐》,序《周易》,作《春秋》。孔子的思想及学说对后世产生了极其深远的影响。

《尚书》原称《书》,又称《书经》,汉代改称《尚书》,意为上古之书。成书于春秋时期,编订者是孔子。是四书五经中的"五经"之一。记录了从氏族社会末期的尧舜时代到春秋前期,约一千三百多年的历史史料,是研究上古夏商周历史、文化的珍贵史料。

原文

尧典

曰若稽古①帝尧,曰放勋,钦②、明、文、思、安安,允恭克让③,光被四表④,格⑤于上下。克明俊德⑥,以亲九族⑦。九族既睦,平章百姓⑧。百姓昭明,协和万邦,黎民于变时雍⑨。

乃命羲和⑩,钦若昊⑪天,历象⑫日月星辰,敬授人时⑬。分命羲仲,宅嵎夷⑭,曰旸谷⑮。寅宾⑯出日,平秩东作⑰。日中⑱,星鸟⑲,以殷仲⑳春。厥民析㉑,鸟兽孳尾㉒。申命羲叔,宅南交㉓。平秩南讹㉔,敬致㉕。日永㉖,星火㉗,以正仲夏。厥民因㉘,鸟兽希革㉙。分命和仲,宅西,曰昧谷。寅饯纳日㉚,平秩西成㉛。宵中㉜,星虚㉝,以殷仲秋。厥民夷㉞,鸟兽毛毨㉟。申命和叔,宅朔方㊱,曰幽都,平在朔易㊲。日短㊳,星昴㊴,以正仲冬。厥民隩㊵,鸟兽氄毛㊶。帝曰:"咨!汝羲暨和。期三百有六旬有㊷六日,以闰月定四时㊸,成岁。允厘百工㊹,庶绩咸熙㊺。"

……

帝曰:"咨!四岳。朕在位七十载,汝能庸命㊻,巽㊼朕位?"

岳曰:"否德忝㊽帝位。"

曰:"明明扬侧陋㊾。"

师锡㊿帝曰:"有鳏(51)在下,曰虞舜。"

帝曰:"俞(52)!予闻,如何?"

岳曰："瞽㊼子，父顽，母嚚，象傲，克谐以孝，烝烝乂㊹，不格奸㊺。"

帝曰："我其试哉! 女于时㊻，观厥刑于二女㊼。"厘降二女于妫汭㊽，嫔㊾于虞。

帝曰："钦哉!"

《尚书·虞书·尧典》

注　释

①曰若:用作追述往事开头的发语词,没有实际意义。稽:考察。古:这里指古时传说。

②钦:恭谨严肃。

③允:诚实。恭:恭谨。克:能够。让:让贤。

④被:覆盖。四表:四方极远的地方。

⑤格:到达。

⑥俊德:指德才兼备的人。

⑦九族:指同族的人。

⑧平:辨别。章:使明显。百姓:百官族姓。

⑨黎民:民众。于:随着。雍:和睦。

⑩羲和:羲氏与和氏,相传是世代掌管天地四时的官重黎氏的后代。

⑪若:顺从。昊:广大。

⑫历:推算岁时。象:观察天象。

⑬人时:民时。

⑭宅:居住。嵎(yú)夷:地名,在东方。

⑮旸(yáng)谷:传说中日出的地方。

⑯寅:恭敬。宾:迎接。

⑰平秩:辨别测定。作:兴起,开始。

⑱日中:指春分。春分这天昼夜时间相等,因此叫日中。

⑲星鸟:星名,指南方朱雀七宿。朱雀是鸟名,所以叫星鸟。

⑳殷:确定。仲:每个季度中的第二个月。

㉑厥:其。析:分散开来。

㉒孳(zī)尾:生育繁殖。

㉓交:地名,指交趾。

㉔平秩南讹:指导日之事。讹,化也。

㉕致:到来。

㉖日永:指夏至。夏至这天白天最长,因此叫日永。

㉗星火:指火星。夏至这天黄昏,火星出现在南方。

㉘因:意思是居住在高地。

㉙希革:意思是鸟兽皮毛稀疏。

㉚饯:送行。纳日:落日。

㉛西成:太阳在西边落下的时刻。

㉜宵中:指秋分。秋分这天昼夜时间相等,因此叫宵中。

㉝星虚:星名,指虚星,为北方玄武七宿之一。

㉞夷:平。这里指回到平地居住。

㉟毛毨(xiǎn):生长新羽毛。

㊱朔方:北方。

㊲平在朔易:指送日之事。在,观察。易,变化,这里指运行。

㊳日短:指冬至。冬至这天白天最短,所以叫日短。

㊴星昴(mǎo):星名,指昴星,为西方白虎七宿之一。

㊵隩(ào):意思是室内(避寒)。

㊶氄(rǒng)毛:鸟兽细软的毛。

㊷期(jī):一周年。有:又。

㊸以闰月定四时:古代一年12个月,大月30天,小月29天,共计354天,比一年的实际天数少11天又1/4天。三年累计超过了1个月,所以安排闰月来补足,使四时不错乱。

㊹允:用,以。厘:治,规定。百工:百官。

㊺庶:众,多。熙:兴起,兴盛。

㊻庸命:顺应天命。

㊼龚:用作"践",意思是履行,这里指接替帝位。

㊽否(pǐ):鄙陋。添:辱,意思是不配。

㊾明明:明察贤明的人。扬:选拔,举荐。侧陋:隐伏卑微的人。

㊿师:众人,大家。锡:赐,这里指提出意见。

(51)鳏:困苦的人。

(52)俞:是的,就这样。

(53)瞽:瞎子,这里指舜的父亲乐官瞽瞍。

(54)烝烝:形容孝德美厚。乂(yì):治理。

(55)奸:邪恶。

(56)女:嫁女。时:是,这个人,这里指舜。

(57)刑:法度,法则。二女:指尧的女儿娥皇和女英。

(58)厘:命令。妫(guī):水名。汭(ruì):河流弯曲的地方。

(59)嫔:嫁给别人作妻子。

考察古代传说的帝尧,名为放勋。他严肃恭谨,明察是非,善于治理天

下,宽厚温和,诚实尽职,能够让贤,光辉普照四面八方,以至于天和地。他能够明察有才有德的人,使同族人团结一致。族人亲密和睦了,又明察和表彰有善行的百官,协调诸侯国的关系,民众也随着变得友善和睦起来了。

于是,尧命令羲氏与和氏,恭敬严肃地遵循上天的规律,根据日月星辰的运行情况来制定历法,教导人民按照时令从事生产活动。尧又命令羲仲居住在东方的旸谷,恭敬地迎接日出,观察太阳东升的时刻。昼夜时间相等,黄昏时鸟星出现在南方,据此来确定仲春时节。这时民众散布在田野上耕作,鸟兽开始生育繁殖。尧再命令羲叔住在南方的交趾,观察太阳向南运行的情况,恭敬地迎接太阳南来。根据白天最长,黄昏时火星出现在南方的天象,来确定仲夏时节。这时民众居住在高处,鸟兽羽毛稀疏。尧又命令和仲住在西边的昧谷,恭敬地为太阳送行,观察太阳西落的情况。根据昼夜时间相等,黄昏时虚星出现在南方的天象,来确定仲秋时节。这时候人们回到平原居住,鸟兽的羽毛重新生长。尧还命令和叔住在北方的幽都,观察太阳向北运行的情况。根据白天时间最短,黄昏时昴星出现在南方,来确定仲冬时节。这时人们住在室内避寒,鸟兽长出了细软的毛。尧帝说:"唉!你们羲氏与和氏啊,一周年有三百六十六天,用增加闰月的办法来确定春夏秋冬四时,这就成为一年。以此来规定各种事情就都会兴盛起来。"

……

尧帝说:"唉!四方的部落首领!我在位任职七十年,你们中有谁能顺应天命,接替我的帝位?"

四方部落首领说:"我们的德行鄙陋,不配登上帝位。"

尧帝说:"可以考察贵戚中贤明的人,也可以推举地位低微的贤人。"

大家向尧推荐说:"民间有个处境困苦的人,名叫虞舜。"

尧帝说:"是啊,我听说过。这个人到底怎么样?"

文学常识丛书

四方部落首领回答说："他是乐官瞽瞍的儿子。他的父亲心术不正，母亲善于说谎，他的弟弟象十分傲慢，但舜能与他们和睦相处。他用自己的孝行美德感化他们，使他们改过自新，不走邪路。"

尧帝说："那我就考验考验他吧！把我的两个女儿嫁给他，通过两个女儿考察他的德行。"于是，尧命令两个女儿到妫河的弯曲处，在那里嫁给了舜。

尧帝说："恭谨地处理政事吧！"

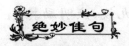
绝妙佳句

克明俊德，以亲九族。九族既睦，平章百姓。百姓昭明，协和万邦，黎民于变时雍。

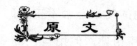

皋陶论政

曰若稽古。皋陶①曰:"允迪②厥德,谟明弼③谐。"

禹曰:"俞,如何?"

皋陶曰:"都④!慎厥身,修思永⑤。敦叙⑥九族,庶明励翼⑦,迩可远在兹。"

禹拜昌言曰:"俞!"

皋陶曰:"都!在知人⑧,在安民。"

禹曰:"吁!咸若时⑨,惟帝其难之。知人则哲⑩,能官⑪人。安民则惠,黎民怀之。能哲而惠,何忧乎驩兜⑫?何迁乎有苗?何畏乎巧言令色孔壬⑬?"

皋陶曰:"都!亦行⑭有九德。亦言,其人有德,乃言曰,载采采⑮。"

禹曰:"何?"

皋陶曰:"宽而栗⑯,柔而立⑰,愿而恭⑱,乱而敬⑲,扰而毅⑳,直而温㉑,简而廉㉒,刚而塞㉓,强而义㉔。彰厥有常㉕,吉哉!

"日宣㉖三德,夙夜浚明有家㉗;日严祗㉘敬六德,亮采有邦㉙。翕受敷施㉚,九德咸事㉛,俊乂㉜在官。百僚师师㉝,百工惟时㉞,抚于五辰㉟,庶绩其凝㊱。

"无教逸欲㊲,有邦兢兢业业,一日二日万几㊳。无旷庶官㊴,

天工⁴⁰，人其代之。天叙有典⁴¹，勑我五典⁴²五敦哉！天秩⁴³有礼，自我五礼有庸⁴⁴哉！同寅协恭和衷⁴⁵哉！天命有德，五服五章⁴⁶哉！天讨⁴⁷有罪，五刑⁴⁸五用哉！政事懋⁴⁹哉！懋哉！

"天聪明⁵⁰，自我民聪明。天明畏⁵¹，自我民明威。达于上下，敬哉有土⁵²！"

皋陶曰："朕言惠可氐⁵³行？"

禹曰："俞！乃言氐可绩。"

皋陶曰："予未有知，思曰赞赞襄⁵⁴哉！"

《尚书·虞书·皋陶谟》

注 释

①皋陶（gāo yáo）：舜帝的大臣，掌管刑法狱讼。

②迪：履行，遵循。

③明：高明，英明。弼：辅佐。

④都：啊。

⑤永：长久。

⑥敦：敦厚。叙：顺从。

⑦庶：众人。励：努力。翼：辅佐。

⑧人：这里指官员。

⑨咸：全部，完全。时：这样。

⑩哲：明智。

⑪官：管理，任用。

⑫驩兜：又作欢兜，是中国古代传说中的三苗首领，传说因为与共工、鲧一起作乱，而被舜流放至崇山。

⑬令：善于。孔：十分，非常。壬：奸邪小人。

⑭亦：检验。行：德行。

⑮载：为，这里的意思是以……为证明。采采：很多事，这里指事实。

⑯栗：严肃恭谨。

⑰柔：指性情温和。立：指有自己的主见。

⑱愿：小心谨慎。恭：庄重严肃。

⑲乱：治，这里指有治国才干。敬：认真。

⑳扰：柔顺，指能听取他人意见。毅：果断。

㉑直：正直，耿直。温：温和。

㉒简：直率而不拘小节。廉：方正。

㉓刚：刚正。塞：充实。

㉔强：坚毅。义：善，符合道义。

㉕常：祥。

㉖宣：表现。

㉗夙：早晨。浚明：恭敬努力。家：这里指卿大夫的封地。

㉘严：严肃庄重。祗：恭敬。

㉙亮：辅佐。邦：诸侯的封地。

㉚翕：集中。敷施：普遍推行。

㉛咸：全部。事：担任事务。

㉜俊乂：指特别有才德的人。

㉝百僚：指众大夫。师师：互相学习和仿效。

㉞百工：百官。惟：想。时：善。

㉟抚：顺从。五辰：指金木水火土五星。

㊱庶：众多。绩：功绩。凝：成就。

㊲无教：不要。逸欲：安逸贪欲。

㊳一日二日：意思是天天，每天。几：机，这里指事情。

㊴旷：空，这里指虚设。庶官：众官。

㊵天工：上天命令的事。

㊶叙：秩序，指伦理、等级秩序。典：常法。

㊷五典：指君臣、父子、兄弟、夫妇、朋友间的伦理关系。

㊸秩：规定等级次序。

㊹自：遵循。五礼：指天子、诸侯、卿大夫、士、庶民的礼节。庸：经常。

㊺寅：恭敬。协恭和衷：同心同德，团结一致。

㊻五服：天子、诸侯、卿、大夫、士的等级礼服。章：显示。

㊼讨：惩治。

㊽五刑：指墨、劓、刖、宫、大辟。

㊾懋(mào)：勉励，努力。

㊿聪：听力好，这里指听取意见。明：视力好，这里指观察问题。

(51)明：表扬。畏：惩罚。

(52)有土：保有国土。

(53)氐(zhǐ)：一定，必须。

(54)赞：辅佐。襄：治理。

译文

考察古代传说。皋陶曾说："要真正履行先王的德政，就会决策英明，大臣们才会团结一致。"

禹说："是啊！怎样才能做到呢？"

皋陶说："啊，对自己的言行要谨慎，自己的修养要持之以恒。要使亲属宽厚顺从，使众多贤明的人努力辅佐，由近及远，首先从这里做起。"

禹认为很对就说："是这样的！"

皋陶说："啊！重要的还在于知人善任，在于安定民心。"

禹说："唉！要是完全做到这些，连尧帝也会感到困难啊！知人善任是明智的表现，能够用人得当。能安定民心便是给他们的恩惠，臣民都会记在心里。能做到明智和给臣民恩惠，哪里会担心驩兜？哪里还会放逐三苗？哪里会惧怕花言巧语、察言观色的奸邪之人呢？"

皋陶说："啊！检验一个人的行为可以依据九种品德。检验言论也一样，如果说一个人有德行，那就要指出许多事实作为依据。"

禹说："什么是九德？"

皋陶说："宽宏大量而又严肃恭谨，性情温和而又有主见，态度谦虚而又庄重严肃，具有才干而又办事认真，善于听取别人意见而又刚毅果断，行为正直而又态度温和，直率旷达而又注重小节，刚正不阿而又脚踏实地，坚强勇敢而又符合道义。能在行为中表现出这九种品德，就会吉祥顺利啊！

"每天都能在行为中表现出九德中的三德，早晚恭敬努力地去实行，就可以做卿大夫。每天都能庄重恭敬地实行九德中的六德，就可以协助天子处理政务而成为诸侯。如果能把九种品德集中起来全面地实行，使有这些品德的人都担任一定职务，那么在职官员都是才德出众的人了。大夫们互相学习仿效，官员们都想尽职尽责，严格按照五辰运行和四时变化行事，众多的功业就可以建成了。

"不要贪图安逸和放纵私欲，当诸侯就要兢兢业业，每天要处理成千上万的事。不要虚设各种官职，上天命定的事情，要由人来完成。上天安排了等级秩序的常法，命令我们遵循君臣、父子、兄弟、夫妇、朋友之间的伦理，并使它们敦厚起来！上天规定了尊卑等级次序，要我们遵循天子、诸侯、卿大夫、士、庶民等级的礼节，并使它们经常化！君臣之间要相互敬重，同心同德！上天任命有德的人管理民众，要用天子、诸侯、卿、大夫、士等级的礼服来显示有德者的区别！上天惩罚有罪的人，要用墨、劓、刖、宫、大辟刑罚来处治犯了罪的人！处理政务要互相勉励！要共同努力！

"上天明察一切，来自于臣民的意见。上天赏罚分明，来自于臣民的赏罚意愿。上天和下民之间互相通达，所以要恭敬从政才能保有国土。"

皋陶说："我的话一定会得到实行吗？"

禹说："是的，你的话会得到实行并会获得成功。"

皋陶说："其实我没有什么智慧，只是想辅佐君王治理好国家啊！"

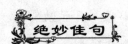

绝妙佳句

宽而栗，柔而立，愿而恭，乱而敬，扰而毅，直而温，简而廉，刚而塞，强而义。

大禹治水

　　帝曰："来，禹！汝亦昌言。"禹拜曰："都！帝，予何言？予思日孜孜。"皋陶曰："吁！如何？"禹曰："洪水滔天，浩浩怀山襄①陵，下民昏垫②。予乘四载③，随山刊④木，暨益奏庶鲜食⑤。予决⑥九川，距⑦四海，浚畎浍⑧距川。暨稷⑨播，奏庶艰食⑩鲜食。懋⑪迁有无，化居⑫。烝民乃粒⑬，万邦作⑭乂。"皋陶曰："俞！师⑮汝昌言。"

《尚书·虞书·益稷》

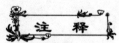

①怀：包围。襄：淹没。

②昏垫：意思是沉陷。

③四载：四种交通工具，指车、船、橇、轿。

④刊：砍削，这里指砍削树木作路标。

⑤暨：及，和。益：人名，伯益。奏：进。鲜食：刚杀了的鸟兽。

⑥决：疏通。

⑦距：到达。

⑧浚：疏通。畎(quǎn)浍：田间的水沟。

⑨稷：人名，后稷。

⑩艰食：根生的粮食，指谷类。

⑪懋：用作"贸"，懋迁的意思就是贸易。

⑫化居：迁移囤积的货物。

⑬粒：立，意思是成，定。

⑭作：开始。

⑮师：用作"斯"，意思是这里。

舜帝说："过来，禹！你也说说自己的看法。"禹拜谢说："是，君王，我说些什么呢？我整天考虑的是孜孜不倦地工作。"皋陶说："哦，到底是些什么工作？"禹说："大水与天相接，浩浩荡荡包围了大山，淹没了山丘，民众也被大水淹没。我乘坐着四种交通工具，顺着山路砍削树木作路标，和伯益一起把刚猎获的鸟兽送给民众。我疏通了九州的河流，使大水流进四海，还疏通了田间小沟，使田里的水都流进大河。我和后稷一起播种粮食，为民众提供谷物和肉食。还发展贸易，互通有无，使民众安定下来，各个诸侯国开始得到治理。"皋陶说："是啊！你这番话说得真好。"

绝妙佳句

予决九川，距四海，浚畎浍距川。暨稷播，奏庶艰食鲜食。懋迁有无，化居。烝民乃粒，万邦作乂。

人和政通

23

作者简介

司马迁,西汉史学家,文学家。字子长,左冯翊夏阳(今陕西韩城西南)人。生卒年不可考。元封三年(公元前 108 年),继承其父司马谈之职,任太史令,掌管天文历法及皇家图籍。后因替投降匈奴的李陵辩护,获罪下狱,受腐刑。出狱后任中书令,继续发愤著书,终于完成《史记》的撰写。

《史记》是我国第一部纪传体通史,包括本纪、世家、列传、书和表,一共 130 篇,50 余万字。记载了上自传说中的黄帝,下至汉武帝约三千年的历史史实。对后世影响深远,无论在中国史学史还是在中国文学史上,都堪称是一座伟大的丰碑。

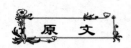

后稷传

　　周后稷，名弃。其母有邰氏女，曰姜原。姜原为帝喾元妃①。姜原出野②，见巨人迹③，心忻然说④，欲践⑤之，践之而身动如孕者。居期⑥而生子，以为不祥⑦，弃之隘⑧巷，马牛过者皆辟⑨不践；徙置之林中，适会⑩山林多人，迁之；而弃渠中冰上，飞鸟以其翼覆荐⑪之。姜原以为神，遂收养长之。初欲弃之，因名曰弃。

　　弃为儿时，屹⑫如巨人之志。其游戏，好种树麻、菽⑬，麻、菽美。及为成人，遂好耕农，相⑭地之宜，宜谷者稼穑⑮焉，民皆法则⑯之。帝尧闻之，举⑰弃为农师，天下得其利，有功。帝舜曰："弃，黎民⑱始饥，尔后稷播时⑲百谷。"封弃于邰，号曰后稷，别姓姬氏⑳。后稷之兴，在陶唐、虞、夏之际，皆有令德㉑。

《史记·周本纪》

①元妃：帝王或诸侯的嫡妻。

②野：野外，郊野。

③迹：脚印。

④忻然：忻，同"欣"，欣然。说：同"悦"，喜悦，高兴。

⑤践：踏，踩。

⑥居期：到了日子。这里指怀孕满10个月。

⑦不祥：不吉利。

⑧隘：狭窄。

⑨辟：同"避"。

⑩适会：正赶上。"适""会"同义。

⑪覆：盖。荐：垫。

⑫屹：耸立的样子。

⑬种树：种植。"树"也是种的意思。菽：豆类。

⑭相：仔细察看。

⑮稼穑：种植和收获。种植叫稼，收获叫穑。

⑯法则：效法、仿效。

⑰举：举荐，提拔。

⑱黎民：众民。黎，黑色。因众民发黑，故称黎民。

⑲后稷：古代掌管农业事务的官。这里是做后稷以管理农务的意思。播时：播种，种植。时，通"莳(shì)"，栽种。

⑳别：另外。姓姬氏：以姬为姓。

㉑令德：美好的德行。令，美，善。

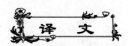

译　文

　　周的始祖后稷，名字叫弃。他的母亲是有邰氏部族的女儿，名叫姜原。姜原是帝喾的妻子。姜原外出到郊野，看见一个巨人脚印，心里欣然爱慕，想去踩它一脚，一踩就觉得身子振动像怀了孕似的。满十个月生下一个儿子，姜原认为这孩子不吉祥，就把他扔到了一个狭窄的小巷里，但不论是马还是牛从他身边经过都绕着躲开而不踩他；于是又把他扔在树林里，正赶上树林里人多，所以又挪了个地方；把他扔在渠沟的冰上，有飞鸟飞来用翅膀盖在他身上，垫在他身下。姜原觉得这太神奇了，就抱回来把他养大成人。由于起初想把他扔掉，所以就给他取名叫弃。

弃小的时候，就有伟人的高远志向。他游戏的时候，喜欢种植麻、豆之类的庄稼，种出来的麻、豆长得都很茂盛。到他成人之后，就喜欢耕田种谷，仔细观察什么样的土地适宜种什么，适宜种庄稼的地方就在那里种植收获，民众都纷纷向他效法学习。尧帝听说了这件事，就提拔弃担任农师官，教给民众种植庄稼，天下都得到他的好处，他取得了很好的成绩。舜帝说："弃，黎民百姓开始挨饿时，你担任了农师，播种了各种谷物。"把弃封在邰，以官为号，称后稷，另外以姬为姓。后稷的兴起，正在唐尧、虞舜、夏商的时代，这一族都有美好的德望。

绝妙佳句

居期而生子，以为不祥，弃之隘巷，马牛过者皆辟不践；徙置之林中，适会山林多人，迁之；而弃渠中冰上，飞鸟以其翼覆荐之。

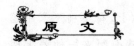

文王传

公季①卒，子昌立，是为西伯。西伯曰文王，遵后稷、公刘之业，则②古公、公季之法，笃仁，敬老，慈少。礼下贤者，日中不暇食③以待士，士以此多归之。伯夷、叔齐在孤竹，闻西伯善养老，盍往归之④。太颠、闳夭、散宜生、鬻子、辛甲大夫之徒皆往归之。

崇侯虎谮⑤西伯于殷曰："西伯积善累德，诸侯皆向之，将不利于帝。"帝纣乃囚西伯羑里。闳夭之徒患之，乃求有莘氏美女，骊戎之文马⑥，有熊九驷⑦，他奇怪物⑧，因殷嬖臣⑨费仲而献之纣。纣大说⑩，曰："此一物足以释西伯，况其多乎！"乃赦西伯，赐之弓矢斧钺⑪，使西伯得征伐。曰："谮西伯者，崇侯虎也。"西伯乃献洛西之地，以请纣去炮烙⑫之刑。纣许之。

西伯阴⑬行善，诸侯皆来决平⑭。于是虞、芮之人有狱⑮不能决，乃如周。入界，耕者皆让畔⑯，民俗皆让长。虞、芮之人未见西伯，皆惭，相谓曰："吾所争，周人所耻⑰，何往为，只取辱耳。"遂还，俱让而去。诸侯闻之，曰："西伯盖受命之君⑱。"

明年，伐犬戎。明年，伐密须。明年，败耆国。殷之祖伊闻之，惧，以告帝纣。纣曰：“不有天命乎？是何能为！”明年，伐邘。明年，伐崇侯虎。而作丰邑，自岐下而徙都丰。明年，西伯崩，太子发立，是为武王。

西伯盖即位五十年。其囚羑里，盖益《易》⑲之八卦为六十四卦。诗人道西伯，盖受命之年称王而断虞芮之讼⑳。后十年㉑而崩，谥㉒为文王。改法度，制正朔矣㉓。追尊古公为太王，公季为王季：盖王瑞自太王兴。

《史记·周本纪》

注　释

①公季：古公的幼子，西伯侯的父亲。

②则：效法。

③不暇食：顾不上吃饭。暇，空闲。

④盍往归之：何不前往归附他呢。按：此上二句采自《孟子·离娄上》："伯夷辟（避）纣，……曰：'盍归乎来！吾闻西伯善养老者。'"盍，何不。

⑤谮（zèn）：进谗言，说人的坏话。

⑥文马：有彩色花纹的马。《正义》："按：骏马赤鬣缟身，目如黄金，文王以献纣也。"

⑦九驷：三十六匹马。驷，古代一车驾四马，因称同驾一车的四马为驷。

⑧他奇怪物：其他珍奇、稀有的宝物。

⑨因：通过。嬖（bì）臣：亲信、宠幸之臣。

⑩说：通"悦"。

⑪钺（yuè）：大斧，古代兵器。

⑫炮烙：商纣时酷刑之一。《列女传》："膏铜柱，下加之炭，令有罪者行焉，辄堕炭中，妲己笑，名曰格烙之法。"

⑬阴：暗地里。

⑭决平：决断，评判。

⑮狱：争讼，官司。

⑯畔：田界。

⑰耻：以为耻。

⑱盖：大概，大约。受命之君：受天命的君王。意思是说将受天命为帝。

⑲《易》：古代占卜的书，今存《周易》，也叫《易经》。

⑳"盖受命"句：《正义》曰："二国相让后，诸侯归西伯有四十余国，咸尊西伯为王。盖此年受命之年称王也。"

㉑后十年：《正义》："十当为'九'。"

㉒谥：古代在人死后按其生前事迹评定褒贬给予的称号。

㉓改法度、制正朔：改变殷之法律制度，制定新的历法，即废除殷历，改用周历。正朔就是一年开始的时候。古代改朝换代，都要改法度、制正朔。

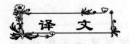

译文

公季去世了，他的儿子昌继位，这就是西伯。西伯也就是文王，他继承后稷、公刘的遗业，效法古公、公刘的法则，一心一意施行仁义，敬重老人，慈爱晚辈。对贤士谦恭有礼，有时候为了接待贤士中午都顾不上吃饭。因此，士人都归附他。伯夷、叔齐在孤竹国，听说西伯非常敬

重老人，就商量说为什么不去投奔西伯呢？太颠、闳夭、散宜生、鬻子、辛甲大夫等人都一起归顺了西伯。

崇侯虎向殷纣王说西伯的坏话，道："西伯积累善行、美德，诸侯都归顺他，这将对您不利呀！"于是纣帝就把西伯囚禁在羑里。闳夭等人都为西伯担心，就设法找来有莘氏的美女，骊戎地区出产的红鬃白身、目如黄金的骏马，有熊国出产的三十六匹好马，还有其他一些珍奇宝物，通过殷的宠臣费仲献给纣王。纣见了这些非常高兴，说："这些东西有了一件就可以释放西伯了，何况这么多呢！"于是赦免了西伯，还赐给他弓箭斧钺，让他有权征讨邻近的诸侯。纣说："说西伯坏话的是崇侯虎啊！"西伯回国之后就献出洛水以西的土地，请求纣废除炮烙的刑法。纣答应了西伯的请求。

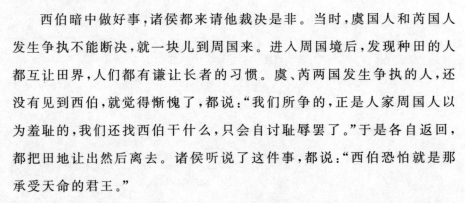

西伯暗中做好事，诸侯都来请他裁决是非。当时，虞国人和芮国人发生争执不能断决，就一块儿到周国来。进入周国境后，发现种田的人都互让田界，人们都有谦让长者的习惯。虞、芮两国发生争执的人，还没有见到西伯，就觉得惭愧了，都说："我们所争的，正是人家周国人以为羞耻的，我们还找西伯干什么，只会自讨耻辱罢了。"于是各自返回，都把田地让出然后离去。诸侯听说了这件事，都说："西伯恐怕就是那承受天命的君王。"

第二年，西伯征伐犬戎。下一年，征伐密须。又下年，打败了耆国。殷朝的祖伊听说了，非常害怕，把这些情况报告给纣。纣说："我不是承奉天命的人吗？他这个人能干成什么！"次年，西伯征伐邘。次年，征伐崇侯虎。营建了丰邑，从岐下迁都到丰。次年，西伯逝世，太子发登位，这就是武王。

西伯在位大约50年。他被囚禁在羑里的时候，据说曾经增演《易》的8卦为64卦。诗人称颂西伯，说他断决虞、芮争执以后，诸侯们尊他为王，那一年就是他承受天命而称王的一年。后来过了 9 年逝世，谥为文王。他曾改变了殷的律法制度，制定了新的历法。曾追尊古公为太王，公季为王季，意思就是大概帝王的瑞兆是从太王时开始兴起的。

耕者皆让畔，民俗皆让长。

武王伐纣

武王即位，太公望为师①，周公旦为辅②，召公、毕公之徒左右③王，师修文王绪业④。

九年，武王上祭于毕。东观兵⑤，至于盟津。为文王木主⑥，载以车，中军⑦。武王自称太子发，言奉文王以伐，不敢自专。乃告司马、司徒、司空诸节⑧："齐栗⑨，信⑩哉！予无知，以先祖有德臣，小子⑪受先功，毕⑫立赏罚，以定其功。"遂兴师⑬，师尚父号曰："总尔众庶⑭，与⑮尔舟楫，后至者斩。"武王渡河，中流⑯，白鱼跃入王舟中，武王俯取以祭。既渡，有火自上复于下，至于王屋，流为乌⑰，其色赤，其声魄云⑱。是时，诸侯不期而会盟津者八百诸侯。诸侯皆曰："纣可伐矣。"武王曰："女⑲未知天命，未可也。"乃还师归。

居二年，闻纣昏乱暴虐滋甚⑳，杀王子比干㉑，囚箕子㉒。太师疵、少师强抱其乐器而奔周。于是武王遍告诸侯曰："殷有重罪，不可以不毕伐㉓。"乃遵文王，遂率戎车三百乘㉔，虎贲㉕三千人，甲士㉖四万五千人，以东伐纣。十一年十二月戊午，师毕渡盟津，诸侯咸㉗会。曰："孳孳㉘无怠！"武王乃作《太誓》㉙，告于众庶："今殷王纣乃㉚用其妇人之言，自绝于天，毁坏其三正㉛，离逿其王父母弟㉜，乃断弃其先祖之乐，乃为淫声㉝，用变乱正声㉞，怡说㉟妇人。

故今予发维共㊱行天罚。勉哉夫子㊲，不可再㊳，不可三！”

二月甲子昧爽㊴，武王朝至于商郊牧野，乃誓。武王左杖黄钺㊵，右秉白旄㊶，以麾㊷。曰：“远矣西土之人㊸！”武王曰：“嗟！我有国冢君㊹，司徒、司马、司空，亚旅、师氏，千夫长、百夫长，及庸、蜀、羌、髳、微、䌪、彭、濮㊺人，称㊻尔戈，比㊼尔干，立尔矛，予其㊽誓。”王曰：“古人有言‘牝鸡无晨㊾，牝鸡之晨，惟家之索㊿。’今殷王纣维妇人言是用(51)，自弃其先祖肆祀不答(52)，昏弃(53)其家国，遗其王父母弟不用，乃维四方之多罪逋逃是崇是长(54)，是信是使(55)，俾(56)暴虐于百姓，以奸轨(57)于商国。今予发维共行天之罚。今日之事，不过六步七步，乃止齐(58)焉，夫子勉哉！不过于四伐五伐六伐七伐(59)，乃止齐焉，勉哉夫子！尚桓桓(60)，如虎如罴，如豺如离(61)，于商郊，不御克奔(62)，以役(63)西土，勉哉夫子！尔所不勉，其于尔身有戮。”誓已(64)，诸侯兵会者四千乘，陈师(65)牧野。

帝纣闻武王来，亦发兵七十万人距(66)武王。武王使师尚父与百夫致师(67)，以大卒驰(68)帝纣师。纣师虽众，皆无战之心，心欲武王亟(69)入。纣师皆倒兵(70)以战，以开(71)武王。武王驰之，纣兵皆崩畔(72)纣。纣走，反入登于鹿台(73)之上，蒙衣其殊玉(74)，自燔(75)于火而死。武王持大白旗以麾诸侯，诸侯毕拜武王，武王乃揖(76)诸侯，诸侯毕从。武王至商国(77)，商国百姓(78)咸待于郊。于是武王使群臣告语(79)商百姓曰：“上天降休(80)！”商人皆再拜稽首，武王亦答拜。遂入，至纣死所。武王自射之，三发而后下车，以轻剑(81)击之，以黄钺斩纣头，县(82)大白之旗。已而至纣之嬖(83)妾二女。二女皆经(84)自杀。武王又射三发，击以剑，斩以玄钺(85)，县其头小白之旗。武王已乃出复军⑧。

其明日，除道，修社⑧及商纣宫，及期，百夫荷罕旗⑧以先驱。武王弟叔振铎奉陈常车⑧，周公旦把大钺，毕公⑩把小钺，以夹武王。散宜生、太颠、闳夭皆执剑以卫武王。既入，立于社南大卒之左，[左]右毕从。毛叔郑奉明水⑨，卫康叔封布兹⑨，召公奭赞采⑨，师尚父牵牲。尹佚策祝⑨曰："殷之末孙季纣，殄废⑧先王明德，侮蔑神祇⑧不祀，昏暴⑨商邑百姓，其章显闻于天皇上帝。"于是武王再拜稽首，曰："膺更大命⑧，革⑧殷，受天明命。"武王又再拜稽首，乃出。

《史记·周本纪》

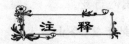

注 释

①师：太师，周代辅佐国君的官。

②辅：天子左右大臣的通称。《尚书大传》："古者天子必有四邻：前曰疑，后曰丞，左曰辅，右曰弼。"

③左右：帮助，辅佐。

④绪业：遗业，事业。

⑤观兵：检阅军队。

⑥木主：即牌位。用木做成，书死者谥号以供祭祀。古代帝王出军、巡狩或去国，载庙主及社主以行。

⑦中军：指置于军中。

⑧诸节：指接受王命的诸官吏。节，符节，古代朝廷用作凭证的信物，这里借指王命。

⑨齐栗：严肃恭敬。齐，庄重、肃敬。栗，威严，庄严。

⑩信：诚实，不欺。

⑪小子：自谦之辞。

⑫毕：尽，完全。

⑬兴师：举兵。

⑭总：聚集，集中。众庶：众人，民众。

⑮与：操，持。

⑯中流：指渡到河的中央。

⑰流为乌：不断变化，最后现出乌的形象。流，往来不定或运转不停。

⑱魄：象声词，形容鸟叫的声音。云：语气词。

⑲女(rǔ)：同"汝"，你，你们。

⑳滋甚：越来越厉害。

㉑比干：纣王的叔父，官少师，因屡次劝谏纣王，被剖心而死。

㉒囚箕子：箕子为当时贵族，纣王的诸父，官太师，封于箕(今山西太谷东北)。比干被剖心以后，箕子假装颠狂为奴，纣又囚之。

㉓"不可以"句：《会注考证》引梁玉绳曰："《后书·袁术传》引史云'殷有重罚，不可不伐'。"译文据此删"毕"字。

㉔戎车：战车。乘(shèng)：古代一车四匹马为一乘。这里可译为辆。

㉕虎贲(bēn)：勇士。

㉖甲士：披甲之士。

㉗咸：皆，都。

㉘孳孳：同"孜孜"，努力不懈的样子。

㉙《太誓》：古文《尚书》篇名，作《泰誓》。

㉚乃：竟，竟然。

㉛三正：旧说指天、地、人或曰夏、商、周之正统。

㉜离逖：疏远。逖，同"逷"，远。王父母弟：同祖亲族。

㉝淫声:指淫秽的音乐。

㉞用:以,以致,从而。正声:雅正的音乐。

㉟怡说(yuè):使高兴。

㊱维:句首语气词,可不译。共:通“恭”。

㊲勉:努力。夫子:对将士的尊称。

㊳再:两次,第二次。

㊴二月:这是用周历,殷历为正月。昧爽:天将亮未亮之时。

㊵杖:持,拿着。黄钺:黄铜制的大斧。

㊶秉:持,把。旄:用旄牛尾放在旗杆上作装饰的旗。

㊷麾:挥动,指挥。

㊸远矣:这是慰劳的话。西土之人:指从西方来的将士。

㊹有国冢君:称同来伐纣的诸侯。有国,《尚书·牧誓》作“友邦”。冢君,大君,等于说首领。

㊺庸:在今湖北房县。蜀:在今四川成都一带。羌:西戎部落,在今甘肃境内。髳:西戎部落,在今四川东部。徽:在今陕西郿县。郿:在今湖北西部。彭:在今四川彭宣县。濮:在今湖南沅陵县。以上8国都是当时属于武王的部落。

㊻称:举。

㊼比:并列,紧靠。这里是排列整齐的意思。

㊽其:语气词,表示将要的意思。

㊾牝鸡:雌鸡。晨:司晨,报晓。

㊿惟家之索:意思是只能使家破败。惟,同“唯”,只。索,尽,这里有破败、毁败的意思。

(51)维妇人之言是用:只听妇人的话。

(52)肆祀:指对祖先的祭祀。答:答理,过问。

(53)昏弃：弃去。昏，通“泯”，蔑。

(54)多罪逋(bū)逃：指罪恶多端的逃犯。逋逃，逃亡。是崇是长：等于说“崇是长是”，抬高这些人，重视这些人。崇，高，这里是使高、抬高的意思。长，以为长，即重视的意思。

(55)是信是使：等于说“信是使是”，相信这些人，使用这些人。

(56)俾：使。

(57)奸轨：犯法作乱。

(58)齐：指整顿队伍，使阵列整齐。

(59)伐：击刺。

(60)尚：表示命令或希望。桓桓：威武的样子。

(61)离(chī)：同“螭”，传说中一种似龙的动物。

(62)御：抵挡，阻止。克奔：指能来奔投降者。

(63)役：助。西土：指周及伐纣各诸侯。

(64)已：止，完毕。

(65)陈师：摆开阵势。

(66)距：同“拒”，抵抗。

(67)致师：挑战。

(68)大卒：古代军队编制。驰：驱赶车马向前冲。

(69)亟：急，速。

(70)倒兵：调转兵器攻击自己一方，即倒戈。

(71)开：引导。

(72)畔：通“叛”，背叛。

(73)反：同“返”。鹿台：又称南单之台。故址在今河南汤阴朝歌镇南，殷纣王所筑。

(74)蒙：包，裹。衣：穿(衣)。殊玉：大约是指极少见的美玉。

⑦燔(fán)：焚烧。

⑦揖：拱手为礼。

⑦商国：商之国都。

⑦百姓：百官。在战国以前，百姓是贵族的总称，因为当时只有贵族才有姓，一般平民没有姓。

⑦告语(yù)：告诉，对……宣告。

⑧休：吉庆，美善。

⑧轻剑：轻吕，剑名。

⑧县(xuán)：同"悬"，悬挂。

⑧嬖：宠爱。

⑧经：缢死，上吊。

⑧玄钺：黑色的大斧。

⑧复军：返回军中。

⑧社：祭祀土神的地方。

⑧荷(hè)：担负。罕旗：有九条飘带的旗帜。

⑧陈：陈列。常车：仪仗车。因车上插着画有日、月图象的太常旗，所以叫常车。

⑨毕公：梁玉绳以为是"召公"之误。

⑨明水：指明月夜里的露水。

⑨布：铺设。兹：草席。

⑨赞：奉献。采：币帛，丝织品。

⑨策祝：意思是读策书祝文。

⑨殄废：灭绝。

⑨神祇(qí)：泛指神鬼。祇，地神。

⑨暴：欺凌。

⑱膺:受,接受。更:换,改变。大命:指上天降下的命令。

⑲革:革除,废除。

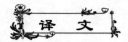

　　武王登位后,太公望做了太师,周公旦做了辅相,还有召公、毕公等人辅佐帮助,以文王为榜样,承继文王的事业。

　　武王受命的第九年,在毕地祭祀文王。然后往东方去检阅军队,到达盟津。制作了文王的牌位,用车载着,供在中军帐中。武王自称太子发,宣称是奉文王之命前去讨伐,不敢自己擅自作主。他向司马、司徒、司空等受王命执符节的官员宣告:"大家都要严肃恭敬,要诚实啊!我本是无知之人,只因先祖有德行,我承受了先人的功业。现在已制定了各种赏罚制度,来确保完成祖先的功业。"于是发兵。师尚父向全军发布命令说:"集合你们的兵众,把好船桨,落后的一律斩杀。"武王乘船渡河,船走到河中央,有一条白鱼跳进武王的船中,武王俯身抓起来用它祭天了。渡过河之后,有一团火从天而降,落到武王住的房子上,转动不停,最后变成一只乌鸦,赤红的颜色,发出魄魄的鸣声。这时候,诸侯们虽然未曾约定,却都会集到盟津,共有800多个。诸侯都说:"纣可以讨伐了!"武王说:"你们不了解天命,现在还不可以。"于是率领军队回去了。

　　过了两年,武王听说纣王昏庸暴虐更加严重,杀了王子比干,囚禁了箕子。太师疵、少师强抱着乐器逃奔到周国来了。于是武王向全体诸侯宣告说:"殷王罪恶深重,不可以不讨伐了!"于是遵循文王的遗旨,率领战车300辆,勇士3000人,披甲战士4.5万人,东进伐纣。第十一年十二月戊午日,军队全部渡过盟津,诸侯都来会合。武王说:"要奋发努力,不能懈怠!"武王作了《太誓》,向全体官兵宣告:"如今殷王纣竟听任妇人之言,以致自绝于天,毁

文学常识丛书

坏天、地、人的正道,疏远他的亲族弟兄,又抛弃了他祖先传下的乐曲,竟谱制淫荡之声,扰乱雅正的音乐,去讨女人的欢心。所以,现在我要恭敬地执行上天的惩罚。各位努力吧,不能再有第二次,不能再有第三次!"

二月甲子日的黎明,武王一早就来到商郊牧野,举行誓师。武王左手拿着黄色大斧,右手拿着有牦牛尾作装饰的白色旗帜,用来指挥。说:"辛苦了,西方来的将士们!"武王说:"喂!我的友邦的国君们,司徒、司马、司空、亚旅、师氏各位卿大夫们,千夫长、百夫长各位将领们,还有庸人、蜀人、羌人、髳人、微人、卢人、彭人、濮人,高举你们的戈,排齐你们的盾,竖起你们的矛,让我们来发誓!"武王说:"古人有句老话:'母鸡不报晓。母鸡报晓,就会使家毁败。'如今殷王纣只听妇人之言,废弃祭祀祖先的事不加过问,放弃国家大政,抛开亲族兄弟不予任用,却纠合四方罪恶多端的逃犯,抬高他们,尊重他们,信任他们,使用他们,让他们欺压百姓,在商国为非作歹。现在我姬发恭敬地执行上天的惩罚。今天我们作战,每前进六步七步,就停下来齐整队伍,大家一定要努力呀!刺击过四五次、六七次,就停下来齐整队伍,努力吧,各位将士!希望大家威风勇武,像猛虎,像熊罴,像豺狼,像蛟龙。在商都郊外,不要阻止前来投降的殷纣士兵,要让他们帮助我们西方诸侯,一定要努力呀,各位将士!你们谁要是不努力,你们自身就将遭杀戮!"誓师完毕,前来会合的诸侯军队,共有战车4000辆,在牧野摆开了阵势。

纣王听说武王攻来了,也发兵70万来抵抗武王。武王派师尚父率领百名勇士前去挑战,然后率领拥有战车350辆、士卒26250人、勇士3000人的大部队急驱冲进殷纣的军队。纣的军队人数虽多,却都没有打仗的心思,心里盼着武王赶快攻进来。他们都调转兵器攻击殷纣的军队,给武王做了先导。武王急驱战车冲进来,纣的士兵全部崩溃,背叛了殷纣。殷纣败逃,返回城中登上鹿台,穿上他的宝玉衣,投火自焚而死。武王手持太白旗指挥诸侯,诸侯都向他行拜礼,武王也作揖还礼,诸侯全都跟着武王。武王进入商都朝歌,商都的百姓都在郊外等待着武王。于是武王命令群臣向商都百姓宣告说:"上天赐福给你们!"商都人全都拜谢,叩头至地,武王也向他们回拜行礼。于是进入城中,找到纣自焚的地方。武王亲自发箭射纣的尸体,射了3箭然后走下战车,又用轻吕宝剑刺击纣尸,用黄色大斧斩下了纣的头,悬挂在大白旗上。然后又到纣的两个宠妃那里,两个宠妃都上吊自杀了。武王又向她们射了3箭,用剑刺击,用黑色的大斧斩下了她们的头,悬挂在小白旗上。武王做完这些才出城返回军营。

第二天,清除道路,修治祭祀土地的社坛和商纣的宫室。开始动工时,100名壮汉扛着有几条飘带的罕旗在前面开道。武王的弟弟叔振铎护卫并摆开了插着太常旗的仪仗车,周公旦手持大斧,毕公手持小斧,待卫在武王两旁。散宜生、太颠、闳夭都手持宝剑护卫着武王。进了城,武王站在社坛南大部队的左边,群臣都跟在身后。毛叔郑捧着明月夜取的露水,卫康叔封铺好了公明草编的席子,召公奭献上了彩帛,师尚父牵来了供祭祀用的牲畜。尹佚朗读祝文祝祷说:"殷的末代子孙季纣,完全败坏了先王的明德,侮蔑鬼神,不进行祭祀,欺凌商邑的百姓,他罪恶昭彰,被天皇上帝知道了。"于是武王拜了两拜,叩头至地,说:"承受上天之命,革除殷朝政权,接受上天圣明的旨命。"武王又拜了两拜,叩头至地,然后退出。

绝妙佳句

今殷王纣乃用其妇人之言,自绝于天,毁坏其三正,离逷其王父母弟,乃断弃其先祖之乐,乃为淫声,用变乱正声,怡说妇人。故今予发维共行天罚。勉哉夫子,不可再,不可三!

文学常识丛书

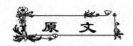

始皇即位

秦初并天下,令丞相、御史曰:"……寡人以眇眇①之身,兴兵诛暴乱,赖②宗庙之灵,六王咸伏其辜,天下大定。今名号不更,无以称成功,传后世。其议帝号。"丞相绾、御史大夫劫、廷尉斯③等皆曰:"昔者五帝地方千里④,其外侯服夷服⑤,诸侯或朝或否,天子不能制。今陛下兴义兵,诛残贼,平定天下,海内为郡县,法令由一统,自上古以来未尝有,五帝所不及。臣等谨与博士⑥议曰:'古有天皇⑦,有地皇,有泰皇,泰皇最贵。'臣等昧死⑧上尊号,王为'泰皇'。命⑨为'制',令⑩为'诏',天子自称曰'朕'。"王曰:"去'泰',著'皇',采上古'帝'位号,号曰'皇帝'。他如议。"制曰:"可。"追尊庄襄王为太上皇。制曰:"朕闻太古有号毋谥,中古有号,死而以行为谥⑪。如此,则子议父,臣议君也,甚无谓,朕弗取焉。自今已来,除谥法。朕为始皇帝。后世以计数,二世三世至于万世,传之无穷。"

……

丞相绾等言:"诸侯初破,燕、齐、荆地远,不为置王,毋以填⑫之。请立诸子,唯上幸许。"始皇下其议于群臣,群臣皆以为便。廷尉李斯议曰:"周文武所封子弟同姓甚众,然后属疏远,相攻击如仇雠,诸侯更相诛伐,周天子弗能禁止。今海内赖陛下神灵一统,皆为郡县,诸子功臣以公赋税重赏赐之,甚足易制。天下无异意,则安宁之术也。置诸侯不便。"始皇曰:"天下共苦战斗不休,以有侯王。赖宗庙,天下初定,又复立国,是树兵也,而求其宁息,岂不难哉!廷尉议是。"

分天下以为三十六郡,郡置守、尉、监⑬。更名民曰"黔首⑭"。大酺。收天下兵⑮,聚之咸阳,销以为钟鐻⑯,金人十二,重各千石⑰,置廷宫中。一法度衡石丈尺。车同轨⑱。书同文字⑲。地东至海暨朝鲜,西至临洮、羌中⑳,南至北向户㉑,北据河为塞,并阴山㉒至辽东。徙天下豪富于咸阳十二万户。诸庙及章台、上林㉓皆在渭南。秦每破诸侯,写放㉔其宫室,作之咸阳北阪㉕上,南临渭,自雍门㉖以东至泾、渭,殿屋复道周阁相属㉗。所得诸侯美人钟鼓,以充入之。

二十七年,始皇巡陇西、北地㉘,出鸡头山㉙,过回中㉚。焉作信宫㉛渭南,已更命信宫为极㉜庙,象天极。自极庙道通郦山,作甘泉前殿。筑甬道㉝,自咸阳属之。是岁,赐爵一级。治驰道㉞。

二十八年,始皇东行郡县,上邹峄山㉟。立石,与鲁诸儒生议,刻石颂秦德,议封禅望祭㊱山川之事。乃遂上泰山,立石,封,祠祀。下,风雨暴㊲至,休于树下,因封其树为五大夫㊳。禅梁父。刻所立石,其辞曰:

皇帝临位,作制明法,臣下修饬㊴。二十有六年,初并天下,罔不宾服。亲巡远方黎民,登兹泰山,周览东极。从臣思迹,本原事业,祗㊵诵功德。治道运行,诸产得宜,皆有法式。大义休㊶明,垂于后世,顺承勿革。皇帝躬圣,既平天下,不懈于治。夙㊷兴夜寐,建设长利,专隆教诲。训㊸经宣达,远近毕理,咸承圣志。贵贱分明,男女礼顺,慎遵职事。昭隔内外,靡㊹不清净,施于后嗣。化及无穷,遵奉遗诏,永承重戒。

文学常识丛书

44

于是乃并勃海以东，过黄、腄④⑤，穷成山④⑥，登之罘④⑦，立石颂秦德焉而去。

南登琅玡④⑧，大乐之，留三月。乃徙黔首三万户琅玡台下，复④⑨十二岁。作琅玡台，立石刻，颂秦德，明得意。曰：

维⑤⑩二十八年，皇帝作始。端平⑤①法度，万物之纪。以明人事，合同父子。圣智仁义，显白道理。东抚东土，以省卒士。事已大毕，乃临于海。皇帝之功，勤劳本事。上农除末，黔首是富。普天之下，抟心揖⑤②志。器械一量，同书文字。日月所照，舟舆所载。皆终其命，莫不得意。应时动事，是维皇帝。匡饬异俗，陵水经地⑤③。忧恤黔首，朝夕不懈。除疑定法，咸知所辟⑤④。方伯⑤⑤分职，诸治经易⑤⑥。举错⑤⑦必当，莫不如画。皇帝之明，临察四方。尊卑贵贱，不逾次行。奸邪不容，皆务贞良。细大尽力，莫敢怠荒。远迩辟隐⑤⑧，专务肃庄。端直敦忠，事业有常。皇帝之德，存定四极。诛乱除害，兴利致福。节事以时，诸产繁殖。黔首安宁，不用兵革。六亲相保，终无寇贼。驩欣奉教，尽知法式。六合⑤⑨之内，皇帝之土。西涉流沙⑥⑩，南尽北户。东有东海，北过大夏⑥①。人迹所至，无不臣者。功盖五帝，泽及牛马。莫不受德，各安其宇。

维秦王兼有天下⑥②，立名为皇帝，乃抚东土，至于琅玡。列侯武城侯王离、列侯通武侯王贲、伦侯建成侯赵亥、伦侯昌武侯成、伦侯武信侯冯毋择、丞相隗林、丞相王绾、卿李斯、卿王戊、五大夫赵婴、五大夫杨樛从，与议于海上。曰："古之帝者，地不过千里，诸侯各守其封域，或朝或否，相侵暴乱，残伐不止，犹刻金石，以自为纪。古之五帝三王⑥③，知教⑥④不同，法度不明，假威鬼神，以欺远方，实不称名，故不久

人和政通

45

长。其身未殁，诸侯倍⑮叛，法令不行。今皇帝并一海内，以为郡县，天下和平。昭明宗庙，体道行德，尊号大成。群臣相与诵皇帝功德，刻于金石，以为表经⑯。"

《史记·秦始皇本纪》

① 眇眇：微小，是自我谦辞。

② 赖：依靠。

③ 绾：王绾。劫：冯劫，秦二世时被迫自杀。廷尉：掌管国家刑狱之官。斯：李斯。

④ 五帝：我国古代传说中氏族社会的五个帝王。据本书《五帝本纪》所载，这五个帝王是黄帝、颛顼、帝喾、唐尧、虞舜。方千里：千里见方，即长宽各千里。

⑤ 侯服夷服：《周礼·夏官·职方氏》记载，天子直接管辖的长宽各1000里的地区称王畿。其外为对天子称臣的小国，由近及远分为九服，即侯服、甸服、男服、采服、卫服、蛮服、夷服、镇服、藩服。每服相去500里。这仅是一种理想的政治区划。这里说"侯服"，表示距王畿较近的地区；说"夷服"，表示距王畿较远的地区。

⑥ 博士：秦代设置的学官，通晓古今，以待帝王咨询，又负责掌管文献典籍。

⑦ 天皇：与下"地皇""秦皇"均为传说中的三个帝王。

⑧ 昧死：冒犯死罪。是臣下上书时用来表示敬畏的套语。

⑨ 命：君主颁布的有关制度性、法则性的命令。

⑩ 令：君主就一具体事物颁布的一般性命令。

⑪谧:静。

⑫填:与"镇"字通。压服,安定。

⑬守:郡守、掌管全郡政务和军事。尉:郡尉,辅助郡守掌管全郡军事。监:监御史,负责监察全郡。

⑭黔首:战国时已广泛使用,含义与当时常见的"民""庶民"相同,秦为水德,水德尚黑。秦始皇下令称百姓为"黔首",是取尚黑之义,以与水德相应。

⑮兵:兵器。秦所收为铜兵器。

⑯镵:乐器,形状似钟。

⑰石:30斤为1钧,4钧为1石。

⑱车同轨:战国时各国车辆轮间距离不一。秦统一为6尺。

⑲书同文字:秦始皇统一文字,规定全国使用小篆。

⑳临洮:秦县,在陇西郡西部,故城在今甘肃岷县,因地临洮水而得名。羌中:指羌族居住地,在秦陇西郡、蜀郡以西。

㉑北向户:门朝北以向日,这是极南地带。也有人认为"向"字是衍文,"北户"为地名,在秦象郡境内。

㉒并:通"傍",依傍。阴山:在今内蒙古自治区中部,东西走向。

㉓章台:秦离宫台名,战国时秦王常于此接见诸侯王和使者,汉代犹存,故址在今陕西西安市长安县故城西南。上林:秦苑名。

㉔写:摹画。放:通"仿",仿效。

㉕阪:山坡。

㉖雍门:当在今陕西咸阳市南。

㉗复道:在空中架设的通道。周阁:周匝回旋的阁道。属:接连。

㉘北地:秦郡,治所在义渠(在今甘肃宁县西北,庆阳县南稍西150里)。

㉙鸡头山:在甘肃平凉县西。

㉚回中:秦宫名。

㉛信宫:又称咸阳宫,故址在今陕西咸阳市渭河南岸。

㉜天极:天极星。古人把天分为50个区域,称为"五官",天极星是"中宫"的主要星座。

㉝甬道:两边有矮墙的通道。

㉞驰道:专供皇帝行驶车马的道路。

㉟邹峄山:在今山东邹县东南。

㊱封禅:帝王为宣扬功绩而举行的祭祀天地的典礼,由战国时齐、鲁儒生所倡导。在儒生看来,五岳中泰山最高,所以帝王登泰山筑坛祭天,此为"封"。又在泰山南梁父山上辟基祭地,此为"禅"。望祭:遥祭山川的一种典礼。

㊲暴:突然。

㊳五大夫:秦爵第九级。今泰山游览区有五大夫松,在云步桥北。

㊴修:整治。饬:严整。

㊵祗:恭敬。

㊶休:美。

㊷夙:早。

㊸训:教导,教诲。

㊹靡:无,没有。

㊺黄:秦县,在今山东黄县东。腄:秦县,在今山东福山县。

㊻成山:在今山东荣成县东北。

㊼之罘(fú):又作"芝罘",山名,在今山东烟台市西北海中芝罘半岛上。

㊽琅玡:山名,在秦琅玡郡琅玡县境,位于今山东胶南县东南。

㊾复:免除赋税或徭役。

㊿维:句首语助词。

○51 端平:端正公平。

○52 抟:与"专"字同。揖:与"辑"字通,和同,齐一。

○53 陵水经地:越过了河川,经历了不同的地域。意谓范围普遍。陵,与"凌"字通,经历,越过。

○54 辟:通"避"。

○55 方伯:意为一方之长。殷、周时指一方诸侯的领袖,这里指郡守。

○56 经易:简单易行。

○57 举错:也作"举措",措施。

○58 辟隐:偏僻隐蔽的地方。

○59 六合:指天地四方。

○60 流沙:指我国今天西北沙漠地区。

○61 大夏:指今山西太原市一带。也有人认为是湖泽名。

○62 "维秦王"句:此句至下文"以为表经"是上面颂辞的序,记载了群臣议论刻石颂德的经过,所以系于颂辞后面。后世碑铭有序,即源于此。

○63 三王:一般认为指夏禹、商汤、周文王。也有人认为指夏禹、商汤和周文王武王。

○64 知教:智术教化。

○65 倍:与"背"字通。

○66 表:表率,标准。经:规范。

译文

秦国刚统一天下,秦王就对丞相、御史说:"……我凭着这个渺小的身体,兴兵诛讨暴乱,靠的是祖宗的神灵,六国国王都依他们的罪过受到了应有的惩罚,天下安定了。现在如果不更改名号,就无法显扬我的功业,传给后代。请商议帝号。"丞相王绾、御史大夫冯劫、廷尉李斯等都说："从前五帝的土地纵横各千里，外面还划分有侯服、夷服等地区，诸侯有的朝见，有的不朝见，天子不能控制。现在您兴正义之师，讨伐四方残贼之人，平定了天下，在全国设置郡县，法令归于一统，这是亘古不曾有，五帝也比不上的。我们恭谨地跟博士们商议说：'古代有天皇、有地皇、有泰皇，泰皇最尊贵。'我们这些臣子冒死罪献上尊号，王称为'泰皇'。发制度性、法制性的命令称为'制书'，下一般性的命令称为'诏书'，天子自称为'朕'。"秦王说："去掉'泰'字，留下'皇'字，采用上古'帝'的位号，称为'皇帝'，其他就按你们议论的办。"于是下令说："可以。"追尊庄襄王为太上皇。又下令说："我听说上古有号而没有谥，中古有号，死后根据生前品行事迹给个谥号。这样做，就是儿子议论父亲，臣子议论君主了，非常没有意义，我不取这种做法。从此以后，废除谥法。我就叫始皇帝，后代就从我这儿开始，称为二世、三世直到万世，永远相传，没有穷尽。"

......

丞相王绾等进言说："诸侯刚刚被打败，燕国、齐国、楚国地处偏远，不给它们设王，就无法镇抚那里。请封立各位皇子为王，希望皇上恩准。"始皇把这个建议下交给群臣商议，群臣都认为这样做有利。廷尉李斯发表意见说："周文王、周武王分封子弟和同姓亲属很多，可是他们的后代逐渐疏远，互相攻击，就像仇人一样，诸侯之间彼此征战，周天子也无法阻止。现在天下靠您的神灵之威获得统一，都划分成了郡县，对于皇子功臣，用公家的赋税重重赏赐，这样就很容易控制了。要让天下人没有邪异之心，这才是使天下安宁的好办法啊。设置诸侯没有好处。"始皇说："以前，天下人都苦于连年战争无止无休，就是因为有那些诸侯王。现在我依仗祖宗的神灵，天下刚刚安定如果又设立诸侯国，这等于是又挑起战争想要求得安宁太平，岂不困难吗？廷尉说得对。"

于是把天下分为 36 郡。每郡都设置守、尉、监。改称人民为"黔首"。下令全国特许聚饮以表示欢庆。收集天下的兵器，聚集到咸阳，熔化之后铸成大钟，12 个铜人，每个重达 12 万斤，放置在宫廷里。统一法令和度量衡标准。统一车辆两轮间的宽度。书写使用统一的隶书。领土东到大海和朝鲜，西到临洮、羌中，南到北向户，往北据守黄河作为要塞。沿着阴山往东一直到达辽东郡。迁徙天下富豪人家 12 万户到咸阳居住。诸如祖庙及章台宫、上林苑都在渭水南岸。秦国每灭掉一个诸侯，都按照该国宫室的样子，在咸阳北面的山坡上进行仿造，南边濒临渭水，从雍门往东直到泾、渭二水交会处，殿屋之间有天桥和环行长廊互相连接起来。从诸侯那里房来的美人和钟鼓乐器之类，都放到那里面。

二十七年(公元前 220 年)，始皇去巡视陇西、北地，穿过鸡头山，路经回中。于是在渭水南面建造信宫。不久，又把信宫改名叫极庙，以象征处于天极的北极星。从极庙开通道路直达郦山，又修建了甘泉前殿。修造两旁筑墙的甬道，从咸阳一直连接到骊山。这一年，普遍赐给爵位一级。修筑供皇帝巡行用的通向全国各地的驰道。

二十八年(公元前 219 年)，始皇到东方去巡视郡县，登上邹县峄山。在山上立了石碑，又跟鲁地儒生们商议，想刻石以颂扬秦的德业，商议在泰山祭天、在梁父山祭地和遥祭名山大川的事情。于是登上泰山，树立石碑，筑起土坛，举行祭天盛典。下山时，突然风雨大作，始皇歇息在一颗树下，因此赐封那颗树为"五大夫"，接着在梁父山举行祭地典礼，在石碑上镌刻碑文。碑文是：

皇帝登基即位，创立昌明法度，臣下端正谨慎。就在二十六年(公元前 221 年)，天下归于一统，四方无不归顺。亲自巡视远方，登临这座泰山，东方一览极尽。随臣思念伟绩，推溯事业本源，敬赞功德无限。治世之道实施，诸种产业得宜，一切法则大振，大义清明美善，传于后代子孙，永世承继不变。皇帝圣明通达，既已平定天下，毫不懈怠国政。每日早起晚睡，建设长远利益，专心教化兴盛。训民皆以常道，远近通达平治，圣意人人尊奉。贵贱清楚分明，男女依礼有别，供职个个虔敬。光明通照内外，处处清净安泰，后世永续德政。教化所及无穷，定要遵从遗诏，重大告诫永世遵奉。

于是就沿着渤海岸往东走，途经黄县、腄县，攀上成山的顶峰，又登上之罘山，树立石碑歌颂秦之功德，然后离去。又往南走登上了琅玡山，十分高兴，在那里停留了3个月。于是迁来百姓3万户到琅玡台下居住，免除他们12年的赋税徭役。修筑琅玡台。立石刻字，歌颂秦的功德，表明自己因如愿以偿而感到满意的心情。碑文说：

二十八年（公元前219年），皇帝刚刚登基。端正一切法度，整治万物纲纪。彰明人事之宜，提倡子孝父慈。皇帝圣智仁义，宣明各种道理。亲临东土安抚，慰劳视察兵士。大事业已完毕，巡行滨海之地。皇帝伟大功绩，操劳根本大事。实行重农抑商，为使百姓富裕。普天之下同心，顺从皇帝意志。统一器物度量，统一书写文字。日月照耀之处，车船所到之地，无不遵奉王命，人人得志满意。顺应四时行事，自有大秦皇帝。整顿恶劣习俗，跋山涉水千里。怜惜黎民百姓，日夜不肯歇息。除疑惑定法律，无人不守法纪。地方长官分职，各级官署治理，举措必求得当，无不公平整齐。皇帝如此圣明，亲自视察四方。无论尊卑贵贱，不越等级规章。奸邪一律不容，务求忠贞贤良。事情不分大小，竭力不倦争强。无论远处近处，只求严肃端庄。正直敦厚忠诚，事业才能久长。皇帝大恩大德，四方均得安抚。诛除祸乱灾害，为国谋利造福。劳役不误农时，百业繁荣富足。黎民安居乐业，不再用兵动武。六亲终得相保，盗寇从此尽除。欢欣接受教化，法规都能记住。天地四方之内，尽是皇帝之土。西边越过沙漠，南边到达北户。东边到达东海，北边越过大夏。人迹所到之处，无不称臣归服。功高盖过五帝，恩泽遍及马牛。无人不受其德，家家安宁和睦。

秦王兼有天下，建立名号称作皇帝，亲临东土安抚百姓，到达琅玡。列侯武成侯王离、列侯通武侯王贲、伦侯建成侯赵亥、伦侯昌武侯成、伦侯武信侯冯毋择、丞相隗林、丞相王绾、卿李斯、卿王戊、五大夫赵婴、五大夫杨樛随从者在海上一起议论皇帝的功德。都说："古代的帝王，土地不超过千里，诸侯各守受封之土，朝见与否各异。互相攻伐侵犯，暴乱残杀不止，还要刻金镂石，立碑夸耀自己。古代五帝三王，知识教育不同，法令制度不明，借助鬼神之威，欺凌压迫远方，其实不称其名，所以不能久长。他们还未死，诸侯业已背叛，法令名存实亡。当今皇帝统一海内，全国设立郡县，天下安定太平。显明祖先宗庙，施行公道德政，皇帝尊号大成。群臣齐颂皇帝，功德刻于金石，树作典范永恒。"

人和政通

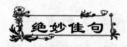

53

人迹所至，无不臣者。功盖五帝，泽及牛马。莫不受德，各安其宇。

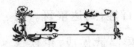

刘恒理政

皇帝即阼①，谒高庙②。右丞相平徙为左丞相，太尉勃为右丞相，大将军灌婴为太尉。诸吕所夺齐楚故地，皆复与之。

壬子，遣车骑将军薄昭迎皇太后于代。皇帝曰："吕产自置为相国，吕禄为上将军，擅矫③遣灌将军婴将兵击齐，欲代刘氏，婴留荥阳弗击，与诸侯合谋以诛吕氏。吕产欲为不善，丞相陈平与太尉周勃谋夺吕产等军。朱虚侯刘章首先捕吕产等。太尉身率襄平侯通持节承诏入北军。典客刘揭身夺赵王吕禄印。益④封太尉勃万户，赐金五千斤。丞相陈平、灌将军婴邑各三千户，金二千斤。朱虚侯刘章、襄平侯通、东牟侯刘兴居邑各二千户，金千斤。封典客揭为阳信侯，赐金千斤。"

十二月，上曰："法者，治之正⑤也，所以禁暴而率⑥善人也。今犯法已论⑦，而使毋罪之父母妻子同产坐⑧之，及为收帑⑨，朕甚不取。其议之。"有司⑩皆曰："民不能自治，故为法以禁之。相坐坐收⑪，所以累⑫其心，使重⑬犯法，所从来远矣。如故便⑭。"上曰："朕闻法正则民悫⑮，罪当⑯则民从。且夫牧民⑰而导之善者，吏也。其既不能导，又以不正之法罪之，是反害于民为暴⑱者也。何以禁之？朕未见其便，其孰计⑲之。"有司皆曰："陛下加大惠，德甚盛，非臣等所及也。请奉诏书，除收帑诸相坐律令。"

正月，有司言曰：“蚤⑳建太子，所以尊宗庙。请立太子。”上曰：“朕既不德，上帝神明未歆享㉑，天下人民未有嗛㉒志。今纵不能博求天下贤圣有德之人而禅天下焉，而曰豫㉓建太子，是重吾不德也。谓天下何？其安㉔之。”有司曰：“豫建太子，所以重宗庙社稷，不忘天下也。”上曰：“楚王，季父㉕也，春秋高㉖，阅㉗天下之义理多矣，明于国家之大体。吴王于朕，兄也，惠仁以好德。淮南王，弟也，秉德以陪㉘朕。岂为不豫哉㉙！诸侯王宗室昆弟有功臣，多贤及有德义者，若举有德以陪朕之不能终，是社稷之灵，天下之福也。今不选举焉㉚，而曰必子，人其以朕为忘贤有德者而专于子，非所以忧天下也。朕甚不取也。”有司皆固请曰：“古者殷周有国，治安皆千余岁，古之有天下者莫长焉，用此道㉛也。立嗣必子，所从来远矣。高帝亲率士大夫㉜，始平天下，建诸侯，为帝者太祖。诸侯王及列侯始受国者皆亦为其国祖。子孙继嗣，世世弗绝，天下之大义也，故高帝设之以抚海内。今释宜建而更㉝选于诸侯及宗室，非高帝之志也。更议不宜。子某㉞最长，纯厚慈仁，请建以为太子。”上乃许之。因赐天下民当代父后者㉟爵各一级。封将军薄昭为轵侯。

三月，有司请立皇后。薄太后曰：“诸侯皆同姓，立太子母为皇后。”皇后姓窦氏㊱。上为立后故，赐天下鳏寡孤独穷困及年八十已㊲上孤儿九岁已下布帛米肉各有数。上从代来，初继位，施德惠天下，填抚诸侯四夷㊳皆洽欢，乃循㊴从代来功臣。上曰：“方大臣之诛诸吕迎朕，朕狐疑，皆止朕，唯中尉宋昌劝朕，朕以得保奉宗庙。已尊昌为卫将军，其封昌为壮武侯。诸从朕六人，官皆至九卿。"

注 释

①即阼：即位，登位。阼，帝王即位或主持祭祀时所登的台阶。

②谒：禀告，这里指举行典礼，禀告即位登基。高庙：汉高祖刘邦之庙。古代皇帝登基时，要到祖庙去举行典礼，行祭祀、朝拜之礼。

③矫：假托君命，假传命令。

④益：加。

⑤正：通"证"，凭证、依据。

⑥率：率领。这里是引导的意思。

⑦论：判罪，论处。

⑧同产：指同胞的兄弟姐妹。坐之：因之而定罪。坐，指定罪。

⑨收帑：把罪犯的妻子儿女抓来，收为官府奴婢。帑，通"孥"，妻子儿女。

⑩有司：官吏。古代设官分职，事各有专司，故称有司。

⑪坐收：因犯罪而被逮捕。

⑫累：牵累，牵制。

⑬重：以为重大，感到严重。

⑭便：便利，适宜。

⑮悫(què)：忠厚，谨慎。

⑯罪：判罪，惩处。当：得当。

⑰牧民：即统治人民。《逸周书·命训》中有"古之明王""牧万民"的说法。

⑱为暴:干凶恶残暴的事。

⑲孰计:仔细考虑。孰,同"熟"。

⑳蚤:通"早"。

㉑歆享:祭祀时神灵享受祭品的香气。歆,《说文》:"神食气也。"

㉒嗛(qiè):通"慊",满足。

㉓豫:同"预",预先。

㉔安:徐缓,慢。

㉕季父:最小的叔父。

㉖春秋高:指年纪大。

㉗阅:经历。

㉘秉:持。陪:辅佐。

㉙"岂为"句:难道不是预先安排的吗?

㉚选举:挑选、举荐。焉:相当于"之",指有德的人。

㉛用:因,由于。此道:指早建太子的办法。

㉜士大夫:将帅的下属。柯维骐《史记考要》:"《周礼》师帅皆中大夫,旅帅皆下大夫,卒长皆上士,两司马皆中士,两皆统于军将,故曰士大夫。"

㉝释:放弃,抛弃。更:改变。

㉞子某:指文帝的长子启,即后来的景帝。史官为了避讳,用"某"字代替"启"。

㉟代父后者:意思是做父亲的继承人。

㊱窦氏:本是文帝之妾,此时文帝正妻已死。

㊲鳏寡孤独:老而无妻叫作"鳏",老而无夫叫作"寡",幼而无父叫作"孤",老而无子叫作"独"。这里"鳏寡孤独"是泛指失去依靠,需要照顾的人。已:通"以"。

㊳填抚:镇抚,安抚。填,通"镇",安定。四夷:古代对中原地区以外四

人和政通

方少数民族的总称。

㊴循：安抚,慰问。

（孝文皇帝刘恒）正式即位,在高祖庙举行典礼。右丞相陈平改任左丞相,太尉周勃任右丞相,大将军灌婴任太尉。诸吕所剥夺的原齐、楚两国的封地,全部归还给齐王和楚王。

壬子日,文帝派车骑将军薄昭去代国迎接皇太后。文帝说:"吕产自任为相国,吕禄为上将军,擅自假托皇帝诏令,派遣将军灌婴带领军队攻打齐国,企图取代刘氏,而灌婴留驻在荥阳不发兵攻齐,并与诸侯共谋诛灭了吕氏。吕产图谋不轨,丞相陈平与太尉周勃谋划夺了吕产等人的兵权。朱虚侯刘章首先捕杀了吕产等人。太尉周勃亲自率领襄平侯纪通持节奉诏进入北军。典客刘揭亲自夺了赵王吕禄的将军印。为此,加封太尉周勃食邑一万户,赐黄金五千斤;加封丞相陈平、将军灌婴食邑各三千户,赐黄金二千斤;加封朱虚侯刘章、襄平侯纪通、东牟侯刘兴居食邑各二千户,赐黄金一千斤;封典客刘揭为阳信侯,赐黄金一千斤。"

十二月,文帝说:"法令是治理国家的准绳,是用来制止暴行,引导人们向善的工具。如今犯罪的人已经治罪,却还要使他们无罪的父母、妻子、儿女和兄弟因为他们而被定罪,甚至被收为奴婢。我认为这种做法很不可取,希望你们再商议一下。"主管官员都说:"百姓不能自治,所以制定法令来禁止他们做坏事。无罪的亲属连坐,和犯人一起收捕判罪,就是要使人们心有牵挂,感到犯法干系重大。这种做法由来已久,还是依原来的做法不加改变为宜。"文帝说:"我听说法令公正百姓就忠厚,判罪得当百姓就心服。再说治理百姓引导他们向善,要靠官吏。如果既不能引导百姓向善,

又使用不公正的法令处罚他们,这样反倒是加害于民而使他们去干凶暴的事。又怎么能禁止犯罪呢?这样的法令,我看不出它有哪些适宜之处,请你们再仔细考虑考虑。"官员们都说:"陛下给百姓以大恩大惠,功德无量,这不是我们这些臣下所能想到的。我们遵从诏书,废除拘执罪犯家属,收为奴婢等各种连坐的法令。"

正月,主管大臣进言说:"及早确立太子是尊奉宗庙的一种保障,请皇帝确立太子。"皇帝说:"我的德薄,上帝神明还没有欣然享受我的祭品,天下的人民心里还没有满意。如今我不能广泛求访贤圣有德的人把天下禅让给他,却说预先确立太子,这是加重我的无德。我将拿什么向天下人交待呢?还是缓一缓吧。"主管大臣又说:"预先确立太子,正是为了尊奉宗庙社稷,不忘天下。"皇帝说:"楚王是我的叔父,年岁大,经历见识过的道理多了,懂得国家的大体。吴王是我的兄长,贤惠仁慈,甚爱美德。淮南王是我的弟弟,能守其才德以辅佐我。有他们,难道还不是预先做了安排吗?诸侯王、宗室、兄弟和有功的大臣,很多都是有才能有德义的人,如果推举有德之人辅佐我还不能做到底的皇帝,这也将是国家的幸运,天下人的福分。现在不推举他们,却说一定要立太子,人们就会认为我忘掉了贤能有德的人,而只想着自己的儿子,不是为天下人着想。我觉得这样做很不可取。"大臣们都坚决请求说:"古代殷、周立国,太平安定都达一千多年,古来享有天下的王朝没有比它们更长久的了,就是因为采取了立太子这个办法。确立继承人必须是自己的儿子,这是由来已久的。高帝亲自率领众将士最早平定天下,封建诸侯,成为本朝皇帝的太祖。诸侯王和列侯第一个接受封国的,也都是成为他们各自侯国的始祖。子孙继承,世世代代不断绝,这是普天之下的大原则,所以高帝设立了这种制度来安定天下人心。现在如果抛开应当立为太子的人,却从诸侯或宗室中另选他人,那就违背高帝的本意了。另议他人是不合适的。陛下的儿子启最大,纯厚仁爱,请立他为太子。"文帝这才同意了。于是赐给全国民众中应当继承父业的人每人一级爵位。封将军薄昭为轵侯。

三月,主管大臣请求皇帝封立皇后。薄太后说:"皇帝的儿子都是同母所生,就立太子的母亲为皇后吧。"皇后姓窦。文帝因为立了皇后的缘故,赐给天下无妻、无夫、无父、无子的穷困人,以及年过80的老人,不满9岁的孤儿每人若干布、帛、米、肉。文帝由代国来到京城,即位不久,就对天下施以德惠,安抚诸侯和四方边远的部族,使各方面的上上下下都融洽欢乐,于是慰问从代国随同来京的功臣。文帝说:"当朝廷大臣诛灭了诸吕迎接我入朝的时候,我犹疑不定,代国的大臣们也都劝阻我,只有中尉宋昌劝我入京,我才得以侍奉宗庙。前已提拔宋昌为卫将军,现在再封他为壮武侯。另外随我进京的六个人,都任命为九卿。"

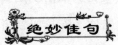

法正则民悫,罪当则民从。

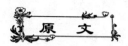

文帝除刑

　　齐太仓令淳于公有罪当刑①，诏狱逮徙系②长安。太仓公无男，有女五人。太仓公将行会逮，骂其女曰："生子不生男，有缓急③非有益也！"其少女④缇萦自伤泣，乃随其父至长安，上书曰："妾⑤父为吏。齐中皆称其廉平，今坐法当刑。妾伤夫死者不可复生，刑者不可复属⑥，虽复欲改过自新，其道无由⑦也。妾愿没入⑧为官婢，赎父刑罪，使得自新。"书奏天子，天子怜悲其意，乃下诏曰："盖闻有虞氏之时，画衣冠异章服以为僇⑨，而民不犯。何则⑩？至治⑪也。今法有肉刑三⑫，而奸⑬不止，其咎⑭安在？非乃朕德薄而教不明欤？吾甚自愧。故夫驯道不纯而愚民陷焉⑮。诗曰'恺悌君子，民之父母'⑯。今人有过，教未施而刑加焉，或欲改行为善而道毋由也。朕甚怜之。夫刑至断支⑰体，刻肌肤，终身不息⑱，何其楚痛而不德也，岂称为民父母之意哉！其除肉刑。"

《史记·孝文本纪第十》

注释

①刑：刑罚。这里指受肉刑。

②狱：狱官。逮：逮捕。系：囚禁。

③缓急：指紧急情况。这里"缓"字无义，只是个陪衬。

④少女：小女儿。

⑤妾：古代女子自称的谦词。

⑥属：连接。指被割断的肢体再接起来。

⑦其道无由：指无法走向改过自新的道路。

⑧没入：指被收进官府。

⑨画衣冠：以画有特别的图形或颜色的衣帽来象征各种刑罚。章服：指给罪犯穿上有特定标志的衣服。章，彩色。僇(lù)：侮辱，羞辱。

⑩何则：为什么呢？则，语气词。

⑪至治：政治清明达到了顶点。至，到达极点的。

⑫肉刑三：古代的三种肉刑，一般指黥（脸上刺字）、劓（割去鼻子）、刖（断足）。

⑬奸：指违法犯罪的人与事。

⑭咎：过失，罪责。

⑮驯道不纯：教导的方法不恰当。驯通"训"，教导。纯，善，好。陷焉：意思是陷入犯罪的境地。

⑯这两句诗引自《诗经·大雅·泂酌》。恺悌，指平易近人。

⑰支：同"肢"。

⑱息：生长。

译文

（五月），齐国的太仓令淳于公犯了罪应该受刑，朝廷下诏让狱官逮捕他，把他押解到长安拘禁起来。太仓令没有儿子，只有5个女儿。他被捕临行时，骂女儿们说："生孩子不生儿子，遇到紧急情况，就没有用处了！"他的小女儿缇萦伤心地哭了，就跟随父亲来到长安，向朝廷上书说："我的父亲做官,齐国的人们都称赞他廉洁公平,现在因触犯法律而犯罪,应当受刑。我哀伤的是,受了死刑的人不能再活过来,受了肉刑的人肢体断了不能再接起来,虽想改过自新,也没有办法了。我愿意被收入官府当奴婢,来抵父亲的应该受刑之罪,使他能够改过自新。"上书送到文帝那里,文帝怜悯缇萦的孝心,就下诏说:"听说在有虞氏的时候,只是在罪犯的衣帽上画上特别的图形或颜色,给罪犯穿上有特定标志的衣服,以此来羞辱他们,这样,民众就不犯法了。为什么能这样呢?因为当时政治清明到了极点。如今法令中有刺面、割鼻、断足三种肉刑,可是犯法的事仍然不能禁止,过失出在哪儿呢?不就是因为我道德不厚教化不明吗?我自己感到很惭愧。所以,训导的方法不完善,愚昧的百姓就会走上犯罪。《诗经》上说'平易近人的官员,才是百姓的父母'。现在人犯了过错,还没施以教育就加给刑罚,那么有人想改过从善也没有机会了。我很怜悯他们。施用刑罚以致割断犯人的肢体,刻伤犯人的肌肤,终身不能长好,多么令人痛苦而又不合道德啊,作为百姓的父母,这样做,难道合乎天下父母心吗?应该废除肉刑。"

63

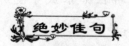

绝妙佳句

妾伤夫死者不可复生,刑者不可复属,虽复欲改过自新,其道无由也。

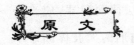

孝文帝以德化民

孝文帝从代来，即位二十三年，宫室苑囿①狗马服御无所增益，有不便②，辄弛以利民。尝欲作露台③，召匠计之，直④百金。上曰："百金中民十家之产，吾奉先帝宫室，常恐羞之，何以台为！"上常衣绨⑤衣，所幸慎夫人，令衣不得曳地⑥，帏帐不得文绣，以示敦朴，为天下先⑦。治霸陵⑧皆以瓦器，不得以金银铜锡为饰，不治坟⑨，欲为省，毋烦民。南越王尉佗自立为武帝，然上召贵⑩尉佗兄弟，以德报之，佗遂去帝称臣。与匈奴和亲，匈奴背约入盗，然令边备守，不发兵深入，恶⑪烦苦百姓。吴王诈病不朝，就赐几杖⑫。群臣如袁盎等称说虽切⑬，常假借⑭用之。群臣如张武等受赂遗金钱，觉，上乃发御府金钱赐之，以愧⑮其心，弗下吏⑯。专务以德化民，是以海内殷富，兴于礼义。

《史记·孝文本纪第十》

文学常识丛书

①苑囿：古代畜养禽兽、种植林木，以供皇帝贵族游玩打猎的园林风景区。

②不便：指给百姓带来不便的事情。

64

③露台：高台。《集解》引徐广曰："露，一作'灵'。"

④直：同"值"。

⑤绨：一种质地粗厚的丝织品。

⑥曳地：拖到地上。

⑦先：走在前面。这里指做出榜样。

⑧治：建造。霸陵：文帝的陵墓，在长安城东（今陕西西安市东北）。

⑨坟：上古"坟"和"墓"有区别，坟高，墓平。后来"坟墓"连用，不再区别。

⑩贵：使显贵。

⑪恶：讨压，不乐意。

⑫几：矮而小的桌子，用以放东西或倚靠。杖：手杖。文帝赐几杖是表示关怀吴王年纪大，不必定期进京朝见。

⑬称说："称"与"说"同义。这里指进言说事。切：诚恳，直率。

⑭假借：宽容。

⑮愧：使感到羞愧。

⑯下吏：下交给有关官吏处理。

译文

　　孝文帝从代国来到京城，在位 23 年，宫室、园林、狗马、服饰、车驾等等，什么都没有增加。只要有对百姓不便的事情，就予以废止，以便利民众。文帝曾打算建造一座高台，召来工匠一计算，造价要上百斤黄金。文帝说："百斤黄金相当于十户中等人家的产业，我承受了先帝留下来的宫室，时常担心有辱于先帝，还建造高台干什么呢？"文帝平时穿的是质地粗厚的丝织衣服，对所宠爱的慎夫人，也不准她穿长得拖地的衣服，所用的帏帐不准绣彩色花纹，以此来表示俭朴，为天下人做榜样。文帝规定，建造他的陵墓霸陵，一律用瓦器，不准用金银铜锡等金属作装饰，不修高大的坟；要节省，不要烦扰百姓。南越王尉佗自立为武帝，文帝却把尉佗的兄弟召来，使他们显贵，报之以德。尉佗于是取消了帝号，向汉朝称臣。汉与匈奴相约和亲，匈奴却背约入侵劫掠，而文帝只命令边塞戒备防守，不发兵深入匈奴境内，不想给百姓带来烦扰和劳苦。吴王刘濞谎称有病不来朝见，文帝就趁此机会赐给他木几和手杖，以表示关怀他年纪大，可以免去进京朝觐之礼。群臣中如袁盎等人进言说事，虽然直率尖锐，而文帝总是宽容采纳。大臣中如张武等人接受别人贿赂的金钱，事情被发觉，文帝就从皇宫仓库中取出金钱赐给他们，用这种方法使他们内心羞愧，而不下交给执法官吏处理。文帝一心致力于用恩德感化臣民，因此天下富足，礼义兴盛。

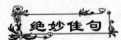

绝妙佳句

专务以德化民，是以海内殷富，兴于礼义。

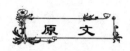

天子治水

自河决瓠子①后二十余岁，岁因以数不登②，而梁楚之地尤甚。天子既封禅巡祭山川，其明年，旱，干封少雨。天子乃使汲仁、郭昌发卒数万人塞瓠子决。于是天子已用事万里沙③，则还自临决河，沈白马玉璧于河④，令群臣从官自将军已下皆负薪寘⑤决河。是时东郡烧草，以故薪柴少，而下淇园之竹以为楗⑥。

天子既临河决，悼功之不成，乃作歌曰："瓠子决兮将奈何？皓皓旰旰⑦兮闾殚为河！殚为河兮地不得宁，功无已时兮吾山平。吾山平兮钜野溢，鱼沸郁兮柏⑧冬日。延道弛兮离常流，蛟龙骋兮方远游。归旧川兮神哉沛⑨，不封禅兮安知外！为我谓河伯兮何不仁，泛滥不止兮愁吾人？啮桑浮兮淮、泗满，久不反兮水维缓。"一曰："河汤汤兮激潺湲，北渡污兮浚流难。搴长茭⑩兮沈美玉，河伯许兮薪不属。薪不属兮卫人罪，烧萧条兮噫乎何以禦水！颓林竹兮楗石菑⑪，宣房塞兮万福来。"于是卒塞瓠子，筑宫其上，名曰宣房宫。而道河北行二渠，复禹旧迹，而梁楚之地复宁，无水灾。

自是之后，用事者争言水利。朔方、西河、河西、酒泉皆引河及川谷以溉田；而关中辅渠、灵轵引堵水⑫；汝南，九江引淮；

东海引巨定；泰山下引汶水：皆穿渠为溉田，各万余顷。佗⑬小渠披山通道者，不可胜言。然其著者在宣房。

《史记·河渠书》

注 释

①河决瓠子：黄河在瓠子口一带于汉武帝元光三年发生决口事件。

②不登：收成不好。

③用事万里沙：在万里沙巡祭西岳。

④"沈白马"句：将白马及玉璧沉于河中，来礼水神。沈，通"沉"。

⑤窴(tiān)：填充。

⑥楗：用以堵决口的木桩。

⑦皓皓旰旰(hàn)：浩浩瀚瀚，河水泛滥广漠无边。

⑧柏：通"迫"。

⑨沛：福盛。

⑩搴(qiān)：牵拉。茭：通"茭"，是用苇竹编成的栏泥石堵决口的用具。

⑪楗：柱。

⑫引堵水：导引积滞的水。

⑬佗：通"他""它"。

译 文

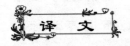

自从黄河在瓠子口一带决口以来20多年里，连年收成不好，多次出现灾荒，尤其在梁楚一带格外严重。天子已经告祭巡祀山川天地，次年，发生大旱，因为少雨，农民封干土下种。天子于是派汲仁、郭昌征发数万士卒前去填塞瓠子口一带的决口。天子在万里沙巡祭西岳之后，返回途中亲往决口处，沉下白马及玉璧到黄河中，以敬祀水神，并命令群臣随从官自将军以下都背薪木填塞黄河决口。当时，因为填薪木太多，东郡一带只好烧草，淇园的竹子也被用来代作木桩。

天子面对黄河决口，感伤于治河不成功。就作歌吟道："瓠子决口啊怎么办呢？水势浩瀚无边啊村镇全成河！全成河啊不得安宁，成功遥遥无期啊吾山才平。吾山才平啊钜野泽又泛滥，到处都是鱼的乐园啊时节近冬日。故道废弛啊洪水离开了常流之域，蛟龙驰骋啊正向远方游去。洪水归旧川吧愿神赐福丰沛，若不外出封禅啊怎知宫墙之外有此等灾患！替我报知河伯水神吧，他为何如此不慈，如此泛滥不息啊，真是愁杀人？啮桑已被浮起啊，只因淮水、泗水溢满泛滥，洪水长久不返退啊，水势是如此难以维拘。"又唱道："黄河激荡啊潺湲不已，向北渡滞积的水域啊浚疏水道真难。牵动长筊堵决口啊下沉美玉，祈望河伯神应许赐福啊却乏塞河之薪。堵河决口之薪不继啊让卫人频频遭罪，草已烧尽四野萧条啊，用什么来抵御浩浩洪水！木材竹子已尽颓光一片啊，只好以石为柱，建宣房宫来填卫所塞之口啊，只愿万福到来。"于是君臣上下一齐终于堵塞了瓠子口，并在上面建宣房宫。因而引导浚疏黄河以北所延伸的两条干渠，让黄河水重新回到大禹所开通的河道，这样梁楚一带复得安宁，不再发生水灾。

自此，负责的大臣们争先恐后地劝说天子兴修水利。朔方、西河、河西、酒泉一带都引来黄河及其他河川的水来灌溉田亩；关中地区由辅渠、灵轵等人工渠道来引积滞的淤水；在汝南、九江引导淮水；在东海郡引出巨定湖水；在泰山下引出汶水；所有一切都凿渠引水为灌溉农田，各有万顷多。其他小渠劈断山势、导水使通的，难以数尽。然而其中最显著的工程就是瓠子口宣房宫。

绝妙佳句

　　皓皓旰旰兮间殚为河！殚为河兮地不得宁，功无已时兮吾山平。吾山平兮钜野溢，鱼沸郁兮柏冬日。延道弛兮离常流，蛟龙骋兮方远游。

作者简介

班固，字孟坚，扶风安陵人，生于东汉光武帝建武八年（公元32 年）。父亲班彪是一个史学家，曾作《史记后传》65 篇，补写《史记》以后西汉的历史。《汉书》就是在此基础上完成的。班固曾随从车骑将军窦宪出击匈奴，后因事入狱，永元四年（公元 92 年）死在狱中。那时《汉书》还有八表和《天文志》没有写成，汉和帝叫班固的妹妹班昭补作完成。

《汉书》，又名《前汉书》，它是我国第一部纪传体断代史。它沿用《史记》的体例而略有变更，改书为志，改世家为传，由纪、表、志、传组成。自《汉书》以后，历代都仿照它的体例，相继纂修了纪传体的断代史。

张释之公正执法

拜张释之为廷尉①。

顷之,上行出中渭桥②,有一人从桥下走,乘舆③马惊。于是使骑④捕之,属⑤廷尉。释之治问。曰:"县人来,闻跸,匿桥下。久,以为行过,既出,见车骑,即走耳。"释之奏当:"此人犯跸⑥,当罚金。"上怒曰:"此人亲惊吾马,马赖和柔⑦,令他马,固不败伤我乎?而廷尉乃当之罚金!"释之曰:"法者,天子所与天下公共也。今法如是,更重⑧之,是法不信于民也。且方其时,上使使诛之则已。今已下廷尉,廷尉天下之平也,一倾,天下用法皆为之轻重,民安措⑨其手足?惟陛下察⑩之。"上良久曰:"廷尉当是也。"

其后,人有盗高庙⑪座前玉环,得,文帝怒,下廷尉治。按盗宗庙服御物者为奏,当弃市⑫。上大怒曰:"人无道,乃盗先帝器!吾属廷尉者,欲致之族,而君以法奏之,非吾所以恭承宗庙意也。"释之免冠顿首谢曰:"法,如是足也。且罪等,然以逆顺为基。今盗宗庙器而族之,有如万分一,假令愚民取长陵⑬一抔土⑭,陛下且何以加其法乎?"文帝与太后言之,乃许廷尉当。

《汉书·张释之传》

文学常识丛书

①张释之：南阳人，文帝时名臣，敢于直言，不附和君主私意，严格依法办事。廷尉：最高司法官。

②中渭桥：在长安古城之北。

③舆：车中装载东西的部分，后泛指车。

④骑（jì）：骑兵。

⑤属（zhǔ）：交托给。

⑥跸：帝王出行时清道，禁止行人来往。

⑦和柔：温顺。

⑧更重：更动加重。

⑨措：安放。

⑩察：明察。

⑪高庙：汉高祖刘邦的庙。

⑫弃市：就是在闹市执行死刑，并将犯人暴尸街头的一种刑法。

⑬长陵：高祖坟墓，在今陕西咸阳。

⑭一抔土：在长陵上抓一把土，指盗墓。

人和政通

73

张释之被任命为廷尉。

不久之后，文帝出行，路经中渭桥，忽然有人从桥下跑出来，惊吓了皇帝的车马。于是派骑兵将那人逮捕，交给廷尉法办，由张释之审讯。那人供称说："从外县来到长安，听到御驾经过、禁止通行的命令，就躲在桥下。等了很久。以为皇帝的车子已经过去，但钻出来之后，看见车马正在经过，只好奔逃了。"张释之呈上判决书说："这人违反行人回避的禁令，判处罚金。"文帝发怒说:"这人惊吓了我的马,幸亏马的性子温顺,假如是性子暴躁的,不就翻车跌伤我了吗?然而廷尉居然只判处他罚金!"张释之回答说:"法律是皇帝和天下人共有的,不应有所偏私。如今法律规定的,假如擅自更动加重刑罚,百姓便不会相信法律了。而且在当时,皇上要严办他,派人杀掉他也就完了。如今既然已交给廷尉,廷尉是天下公平执法的模范,一有偏差,天下执法的人都会随着任意加重或减轻刑罚,叫老百姓如何是好?希望陛下明察。"文帝过了好一会儿说:"廷尉的判决是对的。"

后来,有人盗取高庙里案座上供奉的玉环,被捕获,文帝恼怒,交给廷尉治罪。张释之按盗窃宗庙器物和皇帝用物的法令呈奏上去,判处该犯死刑。文帝大怒说:"这人大逆不道,意敢盗窃先帝的器物!我把他交给廷尉,是想办他个灭族的罪名,可是你却根据一般的法律判决上奏,这不符合我敬奉祖庙的本意。"张释之脱下帽子叩头谢罪说:"依照法律,这样判决就到顶了。何况就是犯同样的罪行,也得以罪状的轻重以准则。现在盗窃祖庙器物的就灭族,那么,万一有无知愚民在长陵上挖了一捧泥土,皇上又拿什么罪名来惩治他呢?"文帝告诉太后。于是同意了廷尉的判决。

文学常识丛书

绝妙佳句

法者,天子所与天下公共也。今法如是,更重之,是法不信于民也。

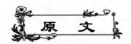

卜式传

卜式，河南①人也。以田畜②为事，有少弟。弟壮，式脱身出，独取畜羊百余，田宅财物尽与弟。式入山牧，十余年，羊致千余头，买田宅。而弟尽破其产，式辄③复分与弟者数矣。

时汉方事匈奴，式上书，愿输家财半助边。上使使问式："欲为官乎？"式曰："自小牧羊，不习仕宦，不愿也。"使者曰："家岂有冤，欲言事乎？"式曰："臣生与人亡所争，邑人贫者贷之，不善者教之，所居，人皆从式，式何故见冤！"使者曰："苟④，子何欲？"式曰："天子诛匈奴，愚以为贤者宜死节，有财者宜输之，如此而匈奴可灭也。"使者以闻。上以语丞相弘。弘曰："此非人情。不轨之臣不可以为化而乱法，愿陛下勿许。"上不报，数岁⑤乃罢式。式归，复田牧。

岁余，会浑邪⑥等降，县官费⑦众，仓府空，平民大徙，皆仰给县官，无以尽赡⑧。式复执钱二十万与河南⑨太守，以给徙民。河南上富人助贫民者⑩，上⑪识式姓名，曰："是固前欲输其家半财助边。"乃赐式外徭⑫四百人，式又尽复与⑬官。是时富豪皆争匿⑭财，唯式欲助费。上于是以式终长者，乃召拜式为中郎，赐爵左庶长，田十顷，布告天下，尊显以风⑮百姓。

《汉书·卜式传》

①河南:西汉县名,今河南洛阳市辖内。

②田畜:种田放牧。

③辄:总是,就。

④苟:姑且如此。

⑤数岁:此处指过了很长时间。

⑥浑邪:指匈奴浑邪王。

⑦费:消耗。

⑧赡:供养。

⑨河南:此处指河南郡,治所在今洛阳市东北。

⑩"河南上"句:意思是说河南郡向朝廷呈送救济穷人的富人名单。

⑪上:指皇上。

⑫外繇:指戍边。古时役使百姓戍守边境,每人出 300 钱,由官方雇人代役,叫过更。赐卜式外繇 400,意即使卜式每年得 1.2 万钱。

⑬与:给。

⑭匿:隐匿。

⑮风(fèng):用含蓄的话语来劝告。

译　文

河南人卜式,以种田放牧为职业,双亲死后抚养一个小弟弟。弟弟长大后,卜式就和弟弟分家,自己只要了 100 多头羊,田地住宅和其他财物统统留给弟弟。卜式进山放羊 10 多年,羊繁殖到 1000 多头,买了田地和住宅。而他的弟弟却彻底破产了,卜式就又分给他许多东西。

这时汉朝正在对匈奴作战,卜式向武帝上书,愿意捐献自己家财的半

答说:"我自小牧羊,不懂做官,不愿。"使者又问:"家里难道有什么冤情,想申诉解决吗?"卜式回答说:"我一生与人没有纷争,对同县的人,家贫的就借给他财物,不学好的就劝他改邪归正,住地周围的人都乐意听从我,我哪有什么冤屈!"使者又问:"既然如此,你究竟需要什么呢?"卜式说:"如今皇上正在讨伐匈奴,我认为有才德的人应当为了边境的安全去守节义而死,有钱财的人应当慷慨捐献以供边防之用,如此一来,匈奴就能被彻底打败不再侵扰了。"使者将他的话报告给武帝,武帝又将这些话告诉丞相公孙弘。公孙弘说:"这不合乎人之常情。不遵守仁义规范的人,不能让他捐献布施,以免乱了法度。希望陛下不要允许。"因此武帝没有答复卜式,过了很久,打发了卜式。卜式回家后仍旧种田牧羊。

　　一年后,正逢匈奴所属的浑邪王等投降,朝廷消耗了大量的财物,粮仓府库空虚,而贫民大量迁移,都需要官府救济供给,官府无力供养。这时卜式又拿出20万钱给河南太守,用以供养移民。河南郡向朝廷呈送救济穷人的富人名单,武帝看到卜式的姓名,就知道他,说:"这就是本要献纳一半家财助边的人啊!"因此赏赐他外徭400人,卜式将这些外徭又统统交给了官府。当时,富豪之家都争相隐藏财产,只有卜式乐意捐献家资以供国家之用。因此武帝认为卜式终究是为善之人,并非虚伪之徒,就召见他,授职中郎,赐爵左庶长,赐田10顷,并布告天下,对他推崇显扬,借此以劝告百姓。

绝妙佳句

　　臣生与人亡所争,邑人贫者贷之,不善者教之,所居,人皆从式,式何故见冤!

赏不避仇雠，诛不择骨肉

隆虑公主子昭平君，尚帝女夷安公主。隆虑主病困，以金千斤、钱千万为昭平君豫①赎死罪，上许②之。隆虑主卒③，昭平君日骄④，醉杀主傅，系狱⑤；廷尉以公主子上请。左右人人为言："前又入赎，陛下许之。"上曰："吾弟⑥老有是一子，死，以属我。"于是为之垂涕，叹息良久，曰："法令者，先帝所造也，用弟故而诬先帝之法，吾何面目入高庙乎！又下负万民。"乃可其奏⑦，哀不能自止，左右尽悲，待诏东方朔前上寿，曰："臣闻圣王为政，赏不避仇雠，诛不择骨肉。《书》曰：'不偏不党，王道荡荡。'此二者，五帝所重，三王所难也，陛下行之，天下幸甚！臣朔奉觞⑧昧死再拜上万岁寿！"上初怒朔，既而善之，以朔为中郎。

《汉书·东方朔传》

①豫：当"预先"讲。

②许：答应。

③卒：死。

④骄：骄横。

文学常识丛书

78

⑤系狱：被绑入大牢。

⑥吾弟：是指妹妹隆虑公主。

⑦乃可其奏：于是答应廷尉的上奏，把昭平君治以死罪。

⑧觞：盛酒器。

昭平君既是汉武帝的妹妹隆虑公主的儿子，又娶了汉武帝的女儿夷安公主为妻。隆虑公主身患重病，眼看就要断气了，她唯一放心不下的就是骄横暴虐的儿子昭平君。于是，隆虑公主临终前拿出金千斤、钱千万，为儿子赎死罪。汉武帝答应了。果然，隆虑公主死后，昭平君更加骄横。一次大醉之后，拔剑杀死了劝止他酗酒的主傅。由于杀的是朝廷命官，昭平君被关进了监牢里。最高司法长官的廷尉不敢擅自定罪，只好以按律当死、但赎罪在先的特殊情况上报皇帝。百官都说："先前隆虑公主为他出钱赎罪，皇上已经答应了。"汉武帝对百官们说："朕的妹妹隆虑公主年纪很大了才生这个儿子，况且只有这一个儿子，临死前托付给朕，朕怎忍心让她在九泉之下大失所望啊！"于是落下泪来。不断地叹气，又说："国家的法令，是高祖皇帝制定的，倘若仅仅是怜恤隆虑公主的原因，就败坏高祖皇帝的法度，朕有什么脸面再进高庙？又有什么脸面治理天下？"说罢命将昭平君依法处死。敕令送出之后，武帝五内如焚，悲痛欲绝，左右大臣也都感伤不已。太中大夫、给事中东方朔与众不同，他端起一盅酒，毕敬地走到武帝面前，献辞敬酒说："臣听说古圣先王治理国家，赏罚不分亲疏远近，视同一体。《尚书》说：'公正无私，政通令行。'这两点，古代的三王也很难做到。如今陛下做到了，这是天下百姓的服气啊！臣朔奉献这盅美酒,诚惶诚恐,请陛下消忧止哀,谨祝陛下万寿无疆!"

皇上开始还很生东方朔的气,后来觉得言之有理,就任他为中郎了。

臣闻圣王为政,赏不避仇雠,诛不择骨肉。

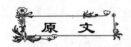

霍光清君侧

光与左将军桀①结婚相亲。光长女为桀子安妻,有女年与帝②相配。桀因帝姊鄂邑盖主内安女后宫为倢伃③,数月立为皇后。父安为骠骑将军,封桑乐侯。光时休沐④出。桀辄入代光决事。桀父子既尊盛,而德长公主⑤。公主内行不修,近幸河间丁外人⑥。桀、安欲为外人求封,幸依国家故事以列侯尚⑦公主者,光不许。又为外人求光禄大夫,欲令得召见,又不许。长主大以是怨光。而桀、安数为外人求官爵弗能得,亦惭。自先帝时,桀已为九卿,位在光右。及父子并为将军,有椒房中宫⑧之重,皇后亲安女,光乃其外祖,而顾专制朝事,由是与光争权。

燕王旦⑨自以昭帝兄,常怀怨望。及御史大夫桑弘羊建造酒榷盐铁,为国兴利,伐其功,欲为子弟得官,亦怨恨光。于是盖主、上官桀、安及弘羊皆与燕王旦通谋,诈令人为燕王上书,言:"光出都肄郎、羽林⑩,道上称跸,太官⑪先置。"又引:"苏武前使匈奴,拘留二十年不降,还乃为典属国⑫,而大将军长史敞无功为搜粟都尉。又擅调益幕府校尉⑬。光专权自恣,疑有非常。臣旦愿归符玺,入宿卫,察奸臣变。"候伺光出沐日奏之。桀欲从中下其事,桑弘羊当与诸大臣共执退光。书奏,帝不肯下。

明旦,光闻之,止画室⑭中不入。上问:"大将军安在?"左将军桀对曰："以燕王告其罪，故不敢入。"有诏召大将军。光入，免冠顿首谢。上曰："将军冠。朕知是书诈也，将军亡罪。"光曰："陛下何以知之？"上曰："将军之广明⑮都郎，属⑯耳。调校尉以来未能十日，燕王何以得知之？且将军为非，不须校尉。"是时帝年十四，尚书左右皆惊，而上书者果亡，捕之甚急。桀等惧，白上小事不足遂，上不听。

后桀党与有谮⑰光者，上辄怒曰："大将军忠臣，先帝所属⑱以辅朕身，敢有毁者坐之。"自是桀等不敢复言，乃谋令长公主置酒请光，伏兵格杀之，因废帝，迎立燕王为天子。事发觉，光尽诛桀、安、弘羊、外人宗族。燕王、盖主皆自杀。光威震海内。昭帝既冠⑲，遂委任光，讫十三年，百姓充实，四夷宾服。

《汉书·霍光传》

注 释

①桀：左将军上官桀。

②帝：指汉昭帝。

③"桀因"句：鄂邑盖主，即汉武帝长女，昭帝由她抚养长大，封地在鄂县，嫁盖侯王信之孙王受，故名。内，通"纳"。

④休沐：汉制，大臣每隔五天休假一天，供休息、沐浴，故称休沐日。

⑤长（zhǎng）公主：皇帝姐妹的称号。

⑥河间：今属河北省。外人：函谷关外人。

⑦列侯：即彻侯，侯爵中的最高一级。尚：特指娶公主为妻。

⑧椒房：皇后居住的殿，在未央宫中。中宫：皇后所居之宫，代指皇后。

⑨旦：刘旦，昭帝的哥哥。

⑩羽林：护卫皇帝的羽林军。

⑪太官：掌管皇帝饮食的官。

⑫典属国：掌管国内民族事务的官。

⑬校尉：比将军低一级的武官。

⑭画室：近臣入朝时暂驻的殿前西阁室，壁上有雕刻绘画。

⑮广明：亭驿名，在长安城东，东都门外。

⑯属(zhǔ)：新近。

⑰谮(zèn)：诬陷。

⑱属：通"嘱"，托付，嘱托。

⑲冠：冠礼。古代男子20岁行成人礼，结发戴冠，表示成年。昭帝行冠礼在元凤四年(公元前77年)，18岁。

译文

霍光和左将军上官桀结为儿女亲家，关系亲近。霍光的大女儿嫁给上官桀的儿子上官安，生下个女儿和昭帝年纪相近，上官桀就托昭帝姐姐鄂邑盖主把孙女纳入后宫封为倢伃。几个月后就立为皇后。上官安因此做了骠骑将军，封为桑乐侯。每逢霍光休假出宫，上官桀就入宫代他处理政事。上官桀父子取得高官厚爵，很感激鄂邑盖主的恩德。盖主私生活不检点，与河间人丁外人相好，上官桀父子想替丁外人求取封爵，希望按照娶公主为妻者封为列侯的国家旧例，也封丁外人为列侯，霍光不允。又请求任命丁外人为光禄大夫，想让他有机会得到召见，霍光又没答应。鄂邑盖主因此对霍光非常不满。上官桀父子一再为丁外人求封官爵都没有达到目的，也感到羞愧。本来在武帝时，上官桀已经做到九卿的要职，地位比霍光高。到后来父子两人都做了将军,宫中又有皇后可以借重,皇后是上官安的亲生女儿,霍光不过是她的外祖父,反而独揽了朝政,因此上官桀和霍光开始争权。

燕王刘旦自觉是昭帝的哥哥,却未能继承皇位,常常心怀怨恨。还有御史大夫桑弘羊因为创立了酒类专卖、盐铁国营的制度,为国家开辟了财源,夸耀自己有功,想为子弟谋求官职没能如愿,也怨恨霍光。于是鄂邑盖主、上官桀父子及桑弘羊都与燕王刘旦串通,派人假冒燕王的使者给皇帝上奏章,说:"霍光出外总领郎官、羽林军演习时,沿途超越本分地下令戒严,预先派皇帝的膳食官到目的地准备饮食。"又说:"从前苏武出使匈奴,被扣留 20 年也不投降,回国后只做了典属国,而大将军府的长史杨敞,没有什么功劳却被任命为搜粟都尉。霍光又擅自选调增加大将军府的校尉。霍光专断朝政,为所欲为,我怀疑有阴谋。我刘旦愿意交还封国的信符玉玺,回京到宫中侍卫,监视奸臣反叛的形迹。"上官桀侦候到霍光出宫休假的日子就呈奏上去,打算趁机将奏章发给主管官员审理,那时桑弘羊则同其他大臣把这作为把柄,迫霍光辞职。不料奏章呈上后,昭帝不肯批下。

第二天早晨,霍光知道了此事,就停留在西阁画室里不上殿。昭帝问:"大将军在哪里?"左将军上官桀回答说:"因为燕王告发了他的罪行,所以不敢上殿。"昭帝下诏召大将军上殿。霍光进来,脱下帽子叩头谢罪。昭帝说:"将军戴上帽子,我知道这封奏书是假的,将军没有罪。"霍光说:"陛下怎知是假的?"昭帝说:"将军去广明总领郎官演习,是最近的事。选调校尉以来也还不得十天,燕王怎么会知道? 况且即使将军要作乱,也不需要增加校尉。"当时昭帝才 14 岁,在场的尚书和左右朝臣都非常惊讶。那个上书的人果然闻风逃跑了。昭帝下令限期缉捕归案。上官桀等人害怕了,对昭帝说这是小事情,不值得追究,昭帝不听。

后来上官桀的同党有进言毁谤霍光的,昭帝就发怒说:"大将军是忠臣，是先帝特意嘱托辅佐我的人，再有敢说大将军坏话的就治罪。"从此上官桀等人不敢再说什么，就谋划让鄂邑盖主出面宴请霍光，埋伏下兵士杀他，就此废掉昭帝，迎接燕王回京为帝。这个阴谋被发觉，霍光便把上官桀父子、桑弘羊、丁外人及他们的宗族全都杀了。燕王刘旦、鄂邑盖主也都自杀。从此霍光威震天下。昭帝行过冠礼已到成年后，还是始终将政事委托给霍光，直到昭帝去世，共 13 年，百姓富裕，四方外族都归服汉朝，俯首称臣。

将军之广明都郎，属耳。调校尉以来未能十日，燕王何以得知之？且将军为非，不须校尉。

徐福进谏

霍氏①奢侈,茂陵徐生曰:"霍氏必亡。夫奢则不逊,不逊必侮上。侮上者,逆道也。在人之右,众必害之。霍氏秉权日久,害之者多矣。天下害之,而又行以逆道,不亡何待!"乃上疏言:"霍氏泰②盛,陛下即爱厚之,宜以时抑制,无使即亡。"书三上,辄报闻。其后霍氏诛灭,而告霍氏者皆封。人为徐生上书曰:"臣闻客有过主人者,见其灶突直,傍有积薪,客谓主人,更为曲突,远徙其薪,不者且有火患。主人嘿然不应。俄而家果失火,邻里共救之,幸而得息③。于是杀牛置酒,谢其邻人,灼烂者在于上行,余各以功次坐,而不录言曲突者。人谓主人曰:'向使听客之言,不费牛酒,终亡④火患。今论功而请赏,曲突徙薪无恩泽,焦头烂额为上客耶!'主人乃寤而请之。今茂陵徐福数上书言霍氏且有变,宜防绝之。向使福说得行,则国亡裂土出爵之费,臣无逆乱诛灭之败。往事既已,而福独不蒙其功,惟陛下察之,贵徙薪曲突之策,使居焦发灼烂之右。"上乃赐福帛十疋⑤,后以为郎⑥。

《汉书·霍光传》

①霍氏:指霍光的家族。

②泰：通"太"。

③息：通"熄"。

④亡：通"无"。

⑤疋：同"匹"。

⑥郎：官名，侍从皇帝左右。

译　文

当初，霍光族人骄横奢侈，茂陵徐生说："霍氏一定会灭亡。因为骄奢的人不懂得谦让，不谦让就会对皇上不尊敬。不尊敬皇上，这是大逆不道。位居众人之上，人们一定会嫉恨他们。霍家人掌权时间如此长，嫉恨他们的人自然也多。天下人嫉恨他们，而他们的行为又违反礼仪，不灭亡，更待何时！"于是上书说："霍家太兴盛了，陛下既然很宠爱霍家，就应该加以抑制，不使它灭亡。"上书三次，只回答说知道了。后来霍家诛灭，而告发霍家的人都受到封赏。有人为徐生鸣不平，上书说："我听说有一位客人看望主人，看见主人家的灶上的烟囱是直的，旁边堆着柴，客人告诉主人，应该将烟囱改为弯曲的，将柴移远，不然会有火灾。主人很不高兴，没有回答。不一会儿家里果然失火，邻居共同来救火，幸好被熄灭了。于是主人家杀牛摆酒，向邻居道谢，被烧伤的人坐在上席，其余的以功劳大小依次坐下，而不请建议将烟囱改弯的人。有人对主人说：'当初要是听从了那位客人的话，就可以不破费牛酒，而且没有火灾。现在论功行赏，建议改弯烟囱移走柴堆的人没有得到好处，烧得焦头烂额的反而坐在上席！'主人醒悟，请来那位客人。现在茂陵徐福几次上书说霍氏将有阴谋，应该防备制止他们。当初如果徐福的建议得以实行，那么国家没有裂土封赏和赐给爵位的费用，臣子没有因叛乱被诛灭的灾祸。事情既然已经过去，但徐福却不曾因功受赏,请陛下细察,应该看重徙薪曲突防患于未然的策略,让他居于焦头烂额的救火功劳之上。"宣帝于是赐给徐福10匹帛,后来封他为郎官。

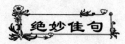

向使听客之言,不费牛酒,终亡火患。今论功而请赏,曲突徙薪无恩泽,焦头烂额为上客耶!

袭遂以缓治乱民

宣帝即位,久之,渤海①左右郡岁饥,盗贼并起,二千石不能禽②制。上选能治者,丞相御史举遂③可用,上以为渤海太守。时遂年七十余,召见,形貌短小,宣帝望见,不副所闻,心内轻焉,谓遂曰:"渤海废乱,朕甚忧之。君欲何以息④其盗贼,以称朕意?"遂对曰:"海濒遐远,不沾圣化⑤,其民困于饥寒而吏不恤⑥,故使陛下赤子盗弄陛下之兵于潢池⑦中耳。今欲使臣胜之⑧邪,将安之⑨也?"上闻遂对,甚说⑩,答曰:"选用贤良,固欲安之也。"遂曰:"臣闻治乱民犹治乱绳,不可急也;惟缓之,然后可治。臣愿丞相御史且无拘臣以文法,得一切便宜从事⑪。"上许焉,加赐黄金,赠遣乘传⑫。

至渤海界,郡闻新太守至,发兵以迎,遂皆遣还,移书敕属县悉罢逐捕盗贼吏。诸持锄钩⑬田器者皆为良民,吏无得问,持兵者乃为盗贼。遂单车独行至府,郡中翕⑭然,盗贼亦皆罢。渤海又多劫略相随,闻遂教令,即时解散,弃其兵弩而持钩锄。盗贼于是悉平,民安土乐业。遂乃开仓廪假⑮贫民,选用良吏,尉⑯安牧养焉。

遂见齐俗奢侈,好末技,不田作,乃躬率以俭约,劝民务农桑,令口种一树榆、百本薤⑰、五十本葱、一畦韭,家二母彘⑱、五鸡。民有带持刀剑者,使卖剑买牛,卖刀买犊,曰:"何为带牛佩犊!"春

夏不得不趋⑲田亩,秋冬课收敛⑳,益蓄果实菱芡㉑。劳来循行㉒,
郡中皆有畜㉓积,吏民皆富实。狱讼止息。

《汉书·循吏传》

①渤海:郡名。治浮阳(在今河北沧州市东南)。

②禽:同"擒"。

③遂:龚遂,字少卿,是山阳郡南平阳县人。因为通晓儒学做了官,做
到昌邑王国的郎中令,为昌邑王刘贺效力。

④息:平息。

⑤圣化:圣明的教化。

⑥恤:抚恤。

⑦赤子:初生婴儿,比喻纯朴的人。兵:武器。潢池:可能是水上演兵
的地方。

⑧胜之:谓以武力镇压之。

⑨安之:谓安抚之。

⑩说:同"悦"。

⑪便宜从事:谓按客观情况灵活处理。

⑫乘传:所乘的驿车。

⑬钩:镰刀。

⑭翕:安定貌。

⑮假:给与。

⑯尉:同"慰"。

⑰口:指每口人。一树榆:一棵榆树。汉人喜种榆。薤(xiè):植物名。

文学常识丛书

鳞茎圆锥形，可作蔬菜吃，也可入药。

⑱家：指每一家。彘：猪。

⑲趋：向也。

⑳课：核算。收敛：收成。

㉑菱：菱角。芡(qiàn)：植物名。一名"鸡头"。种子称"芡实"，可食，也可入药。

㉒劳来：劝勉。循行：巡视各地。

㉓畜：同"蓄"。

译文

汉宣帝刘询即位，过了很长一段时间，渤海及其邻郡年成不好，盗贼纷纷出现，当地郡守无法捉拿制服。皇上想选拔善于治理的人，丞相御史推荐龚遂可以胜任，皇上任命他为渤海郡太守。当时龚遂已经70多岁了，被召见时，由于他个子矮小，宣帝远远望见，觉得跟传闻中的龚遂不符，心里有点轻视他，对他说："渤海郡政事荒废，秩序紊乱，我很担忧。先生准备怎样平息那里的盗贼，使我满意呢？"龚遂回答说："渤海郡地处海滨，距京城很远，没有受到陛下圣明的教化，那里的百姓被饥寒所困，而官吏们不体贴，所以使您的本来纯洁善良的臣民偷来您的兵器作乱。您现在是想要我用武力战胜他们，还是安抚他们呢？"宣帝听了龚遂的应对很高兴，回答说："既然选用贤良的人，本来就是想要安抚百姓。"龚遂说："我听说治理秩序混乱的百姓就如同解乱成团的绳子，不能急躁；只能慢慢地来，然后才能治理。我希望丞相御史暂时不要用法令条文来约束我，让我能够根据实际情况，不呈报上级而按照最有效的办法处理事情。"宣帝答应了他的要求，格外赏赐他黄金物品派遣他上任。

龚遂乘坐驿车来到渤海郡边界。郡中官员听说新太守来了，派出军队迎接。龚遂把他们都打发回去了。然后下发文书命令所属各县：全部撤销捕捉盗贼的官吏；那些拿着锄头、镰刀等种田器具的都是良民，官吏们不得查问；拿着兵器的才是盗贼。龚遂独自乘车来到郡府，郡中一片和顺的气氛，盗贼们也都收敛了。渤海郡又有许多合伙抢劫的，听到龚遂的训诫和命令，当即散伙了，丢掉他们手中的兵器弓箭，而拿起了锄头镰刀。盗贼这时都平息了，百姓也安居乐业了。龚遂于是打开地方的粮仓，赈济贫苦百姓，选用贤良的地方官，安抚养育百姓。

龚遂看见渤海一带的风俗非常奢侈，喜欢从事那些不切于民用的行业，而不爱从事农业生产，就亲自带头勤俭节约，鼓励百姓从事耕作和养蚕种桑。他下令：郡中每个人种 1 株榆树、100 棵薤菜、50 丛葱、1 畦韭菜；每家养 2 头母猪、5 只鸡。百姓有佩带刀剑的，让他们卖掉刀剑买牛和犊，他说："为什么把牛和犊佩带在身上！"春夏季节不允许不到田里劳动生产，秋冬时督促人们收获庄稼，又种植和储藏瓜果、菱角、鸡头米等多种经济作物，劝勉人们照规定办事，遵守法令，郡中人们都有了积蓄，官吏和百姓都很富足殷实，犯罪和打官司的都没有了。

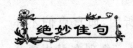

臣闻治乱民犹治乱绳，不可急也；惟缓之，然后可治。

文学常识丛书

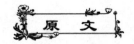

正法度，非礼不言

　　后年来朝，上疏求诸子及《太史公书》，上以问大将军王凤①，对曰："臣闻诸侯朝聘，考文章，正法度，非礼不言。今东平王幸得来朝，不思制节谨度，以防危失，而求诸书，非朝聘之义也。诸子书或反经术，非圣人，或明鬼神，信物怪；《太史公书》有战国纵横权谲②之谋，汉兴之初谋奇策，天官灾异，地形阴塞③；皆不宜在诸侯王。不可予。不许之辞宜曰：'五经④圣人所制，万事靡不毕载。王实乐道，傅相皆儒者，旦夕讲诵，足以正身虞意。夫小辩破义，小道不通，致远恐泥，皆不足以留意。诸益于经术者，不爱于王。'"对奏，天子如凤言，遂不与。

《汉书·东平王传》

人和政通

93

①王凤：成帝舅父。

②谲：欺诈，玩弄手段。

③地形阴塞：是指地形险要。

④五经：即《诗》《书》《礼》《易》《春秋》。

译文

第三年东平王刘宇来京都朝见，上奏求赐诸子书及《太史公书》，成帝拿这件事问大将军王凤，王凤回答说："我听说诸侯朝见问安，应当依据儒家的礼仪和国家的章程，端正法度，非礼不言。现在东平王有幸能来朝见，不思谨守法度，以免走入邪道，却求赐诸子书和《太史公书》，这不是朝见的正道啊。诸子书或者反对儒家的经术，批评圣人，或者阐述鬼神，信从鬼怪；《太史公书》里记载有战国纵横权变的谋略，汉兴之初谋臣的奇计妙策以及天象、自然灾异、地形险要。这些书都不应当在诸侯王手中。不可给他。不答应的话应当这样说：'儒家的经典《五经》，乃圣人所制定，上面事事有所记载。东平王你爱好儒家的道义，辅佐的国相都是儒者，每天讲诵经书，已经足够端正自身的行为和思想了。琐细的辩论损害大义，狭小的道术难通高处，用来谋求高远的目标，恐怕难以达到，都不足以用心学习。那些对儒家经术没有用处的东西，希望东平王你不要顾惜。'"当东平王面见成帝时，成帝就按王凤所说的话回答他的请求，终究不曾赐给他那些书。

诸侯朝聘，考文章，正法度，非礼不言。

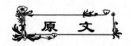

朱云直言进谏

朱云字游，鲁人也，徙①平陵。少时通②轻侠，借客③报仇。长八尺余，容貌甚壮，以勇力闻。年四十，乃变节从④博士白子友受⑤《易》，又事前将军萧望之受《论语》，皆能传其业。好倜傥大节⑥，当世以是高之。

......

至成帝时，丞相故⑦安昌侯张禹以帝师位特进，甚尊重。云上书求见，公卿在前。云曰：“今朝廷大臣上不能匡主⑧，下亡以益民，皆尸位素餐⑨，孔子所谓‘鄙夫不可与事君’，‘苟患失之，亡所不至’者也。臣愿赐尚方斩马剑，断佞臣⑩一人以厉其余。”上问：“谁也？”对曰：“安昌侯张禹。”上大怒，曰：“小臣居下讪⑪上，迁辱师傅，罪死不赦。”御史将云下，云攀殿槛⑫，槛折。云呼曰：“臣得下从龙逢、比干游于地下，足矣！未知圣朝何如耳？”御史遂将云去。于是左将军辛庆忌免冠解印绶，叩头殿下曰：“此臣素著狂直于世，使其言是，不可诛；其言非，固当容⑬之。臣敢以死争。”庆忌叩头流血。上意解，然后得已，及后当治槛，上曰：“勿易！因而辑⑭之，以旌直臣。”

《汉书·朱云传》

注 释

①徙：迁居。

②少时：年轻时。通：交结。

③借：借助。客：宾客。

④从：跟从。

⑤受：学习。

⑥好倜傥大节：洒脱不羁而能守大节。

⑦故：原来的。

⑧匡主：匡正君主。

⑨素餐：只知道吃饭。

⑩佞臣：诌谀取媚的大臣。

⑪讪：戏侮。

⑫殿槛：殿前的栏杆。

⑬容：宽容，宽恕。

⑭辑：修补。

译 文

朱云，字游。原为鲁人，后迁居平陵。年轻时交结侠士，为人仗义，曾借助宾客为自己报仇雪恨。他身高 8 尺有余，容貌威严，勇力过人，远近闻名。40 岁时，朱云不再逞勇行侠，他改弦易辙，开始跟博士白子友学习《周易》，又师从前将军萧望之学习《论语》，而且把两位老师的学问都学到了手。他洒脱不羁而能守大节，世人因此很尊重他。

......

汉成帝即位后，原安昌侯张禹因为是天子的老师而进位丞相，权倾朝野，贵重当时。朱云瞧不起其为人，就上书求见。成帝接见他时，公卿将相都在一旁，他却毫无顾忌地进言道："现在，朝廷的大臣对上不能匡正君主，对下无益于百姓。他们白白占据着高官显位，空食君主的俸禄，都是些孔子所谓的'鄙夫不可与事君'、'苟患生之，亡所不至'（担心失去禄位，则作奸犯科，无所不为）者。为臣恳请陛下赐给尚方斩马利剑，杀掉一个佞臣，以警醒其他的臣子。"成帝不知他要对哪个佞臣开刀，便问道："你要诛杀哪一个？"朱云答道："安昌侯张禹。"成帝一听，闹了半天要杀自己的老师，忍不住大怒道："你个小小臣子，竟然以下诬上，在朝廷上侮辱我的老师，罪不可赦，格杀勿论！"御史当即拿下朱云，但朱云死死抓住殿前的栏杆不放，致使栏杆被拖断。朱云被拖着下殿时，仍然高声呼叫道："为臣得以同桀臣关龙逢、纣叔比干相逢于九泉之下，已经没有什么不值得的了。但圣朝诛杀忠臣，将何以告天下？"就在这时，左将军辛庆忌摘下帽子，解下印绶，跪在殿前，劝谏成帝道："朱云素以狂放正直闻名于世。如果他说的话是正确的，就不能诛杀他；如果他的话是错误的，就应当宽恕他。下臣情愿以死相争！"他一边劝说一边叩头，直叩得头上流出了鲜血。成帝怒气渐渐平息下来，于是饶恕了朱云。后来，宫中朝臣要修理被朱云拉断的栏杆，成帝吩咐道："不要换新的。把坏的稍作修补就行，以便用来旌表直言的忠臣。"

今朝廷大臣上不能匡主，下亡以益民，皆尸位素餐。

作者简介

　　陈寿(公元 233—297 年),西晋史学家。字承祚,西晋巴西安汉(今四川南充)人。年轻时好学,拜同郡人谯周为师,曾任蜀汉观阁令史。入晋后,张华爱其才,举为孝廉,除著作郎、治书诗御史,出补阳平令。主要著作有《三国志》《古国志》《益都耆旧传》,编有《蜀相诸葛亮集》等。

　　《三国志》是一部记载魏、蜀、吴三国鼎立时期的纪传体国别史。其中,《魏书》30 卷,《蜀书》15 卷,《吴书》20 卷,共 65 卷。记载了从魏文帝黄初元年(公元 220 年),到晋武帝太康元年(公元 280 年)60 年的历史。

文学常识丛书

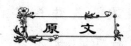

魏文帝以俭治丧

黄初三年冬十月甲子,表首阳山东为寿陵①,作终制②曰:"礼,国君即位为椑③,存不忘亡也。昔尧葬谷林④,禹葬会稽,农不易亩,故葬于山林,则合乎山林。封树⑤之制,非上古也,吾无取焉。寿陵因山为体,无为封树。无立寝殿⑥,造园邑⑦,通神道⑧。夫葬也者藏也,欲人之不得见世。骨无痛痒之知,冢⑨非栖神之宅,礼不墓祭,欲存亡之不黩⑩也,为棺椁足以朽骨,衣衾足以朽肉而已。故吾营此丘墟⑪不食之地,欲使易代之后不知其处。无施苇炭⑫,无藏金银铜铁,一以瓦器⑬,合古涂车⑭、刍灵⑮之义。棺但漆际会⑯三过,饭含⑰无以珠玉,无施珠襦玉匣⑱,诸愚俗所为也。季孙以玙璠敛,孔子历级⑲而救之,譬之暴骸中原⑳。宋公㉑厚葬,君子谓华元㉒、乐莒不臣,以为弃君于恶。汉文帝之不发,霸陵㉓无求也;光武之掘,原陵封树也。霸陵之完,功在释之㉔;原陵之掘,罪在明帝。是释之忠以利君,明帝爱以害亲也。忠臣孝子,思仲尼、丘明㉕、释之之言,鉴华元、乐莒、明帝之戒,存于所以安君定亲,使魂灵万载无危,斯则贤圣之忠孝矣。自古及今,未有不亡之国,亦无不掘之墓也。丧乱以来,汉氏诸陵无不发掘,至乃烧取玉匣金缕,骸甲并尽,是焚如㉖之刑,岂不重痛哉! 祸由于厚葬封树。'桑、霍㉗为我戒',不亦明乎? 其皇后及贵人㉘以下,不随王之㉙国者,有终没㉚皆葬涧西,前又以丧其处矣。盖舜葬苍梧㉛,二妃㉜不从,延陵㉝葬子,远在嬴、博㉞,魂而有灵,无不之也。一涧之间,不足为远。若违今诏,妄有所变改造施,吾为戮尸地下,戮而重戮,死而重死。臣子为蔑㉟死君父,不忠不孝,使死者有知,将不福汝。其以此诏藏之宗庙,副在尚书、秘书、三府。"

《三国志·魏书·文帝纪第二》

注 释

①寿陵:生前营造的陵墓。

②终制:帝王关于丧葬的文告。

③椑:最里面的一层棺。古制,皇帝初即位,即制内棺,每年加漆,表示"存不忘亡";外出时用车载内棺随行。

④谷林:地名,即成阳,今山东省荷泽县东有尧陵。

⑤封树:聚土为坟叫封,种植松柏叫树。

⑥寝殿:帝王陵墓的正殿。

⑦园邑:守护陵园者的生活区。

⑧神道:陵墓前的通道。意为神行之道,故名。

⑨冢:坟墓。

⑩黩:玷污;蒙辱。

⑪丘墟:坟墓。

⑫苇炭:烧苇为炭,填塞墓穴。

⑬瓦器:陶器。

⑭涂车:即遣车,古代送葬用的器物。涂,用宗色涂饰,以像金玉。

文学常识丛书

⑮刍灵：亦为送葬之物，即用茅草扎成的人马。

⑯际会：交接，会合。

⑰饭含：用珠玉贝米之类纳于死者口中。

⑱珠襦：用珠子缀串成的短衣。玉匣：汉代帝、王侯的葬服。

⑲历级：登上台阶。

⑳中原：原野中。

㉑宋公：指宋文公。

㉒华元：人名，春秋时宋国大夫。

㉓霸陵：县名。本名芷阳县。汉文帝于此筑霸陵，因改县名，在今陕西西安市东北汉文帝葬此。

㉔释之：人名，即张释之。西汉初法律学家。曾建议文帝薄葬。

㉕丘明：即左丘明，春秋时期史学家，鲁国人。著《左传》，又说《国语》亦出其手。

101

㉖焚如：焚然。指火焰猛烈。

㉗桑、霍：指西汉大臣桑弘羊、霍禹。二人皆因骄奢致祸。

㉘贵人：女官名，东汉光武帝时置。其位次于皇后。魏晋以后沿置。

㉙之：到。

㉚终没：死。

㉛苍梧：山名，即九疑山，在今湖南宁远县境。

㉜二妃：娥皇与女英，为尧的两个女儿。相传舜死于苍梧后，娥皇、女英追寻至湘水，他们死后成为湘水之神，故又称"湘君""湘夫人""湘妃"。

㉝延陵：延陵季子，人名。

㉞嬴、博：齐国地名，在今山东泰山县。据《礼记》记载：延陵季子去齐国，他返回时，长子死了，葬于嬴、博之间。

㉟蔑：无视。

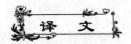

　　黄初三年冬十月甲子日,文帝确定在首阳山东为自己营造陵墓,作了关于丧葬的文告:"礼,国君即位就制作内棺,这是活着不忘死亡的意思。从前唐尧葬在谷林,普遍种树,大禹葬在会稽山,农夫不改移田亩,因此埋葬在山林中,就与山林合在一起。聚土为坟,种植松柏,不是上古的制度,我不效法这种做法。寿陵随着山势成体,不要聚高坟,种松柏,不要修建寝殿,建造守陵的园邑,开神道。所谓葬,就是藏,使人看不见而已。骨头没有痛痒的知觉,坟墓不是栖宿神灵的地方,礼制规定不筑墓设祭,为了使生者、死者都不蒙受污辱,作棺椁是使骨头枯朽,作衣被是使肌肉腐烂而已。所以我在这贫瘠的地方营建坟墓,想使改朝换代之后人们不知道这个地方。不要烧苇炭填塞,不要藏金银铜铁,一律用瓦器,以符合古代涂色像金玉、用茅草扎人马的意思。棺椁只在交接处涂三遍漆。口中所含不要用珠玉,不要加珠缀短衣、玉石匣子,含珠玉、施珠襦玉匣,这些都是愚昧凡俗之人的做法。季孙氏用玙璠等宝玉装殓,孔子登上台阶制止这样做,把这比为暴尸原野。宋文公厚葬,有德之士认为华元、乐莒没有尽到臣职,认为是把君主置之于坏人列。汉武帝的陵寝未被掘挖,因为霸陵无宝物可寻;光武帝的墓被挖开,因为原陵聚有高坟,植有松柏。霸陵能完好无损,是张释之的功劳;原陵被掘挖,是明帝的罪过。这是张释之的忠有利于君,明帝的爱正所以害亲啊。忠臣孝子,应该思考孔子、左丘明、张释之的话,以华元、东莒、明帝为戒。思念安定君主亲人的方法,使他们的灵魂千秋万代没有危险,这就是贤人圣哲的忠孝。古往今来,没有不灭亡的国家,也没有不被挖掘的坟墓。天下大乱以来,汉朝的陵墓没有不被挖掘的,以至烧取玉匣器、金缕衣,尸骨也一并烧尽,这种焚烧的刑法,难道不沉痛吗?祸来于用贵重物品陪葬,聚土为坟,种植松柏。'桑弘羊、霍禹是我的鉴戒',不是很明白吗？皇后以及贵人以下的妃子，不随从诸侯王到国的，死后都埋葬在涧西，以前曾经标明这些地方了。舜埋葬在苍梧山，二位妃子不随葬，延陵季子埋葬儿子，远在嬴、博之间，魂魄真的有灵，没有哪里不能去的，一条小涧相隔，不算很远。如果违反了现在的诏令，随便改变制作兴建，那就是我在地下被斩戮尸体，戮了又再戮，死了又再死。大臣、儿子无视死去的君主、父亲，不忠不孝，假使死者有知，他们是不会得到好处的。这个诏书保存在宗庙中，副本放在尚书府、秘书府、三公府。"

骨无痛痒之知，冢非栖神之宅，礼不墓祭，欲存亡之不黩也，为棺椁足以朽骨，衣衾足以朽肉而已。

103

作者简介

范晔（公元 398—445 年），字蔚宗，南朝宋顺阳人，南北朝时期著名史学家。范晔早年曾任鼓城王刘义康的参军，后官至尚书吏部郎，后来他又几次升迁，官于左卫将军、太子詹事。元嘉二十二年（公元 445 年），因有人告发他密谋拥立刘义康，于是以谋反的罪名被处以死刑。他一生最大贡献则是撰写了《后汉书》。

《后汉书》继承了《史记》《汉书》的纪传体例，叙事简明而周详，记事有重点而不遗漏，有些篇目的内容颇有增益。其叙事的特点是以类相从而不记年代的先后。《后汉书》又新立了一些类传，如《逸民》《列女》等。

文学常识丛书

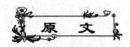

光武帝纪

及更始①至洛阳，乃遣光武以破虏将军行②大司马事。十月，持节北渡河③，镇慰州郡。……

进至邯郸，故赵缪王子林说光武曰："赤眉今在河东，但决水灌之，百万之众可使为鱼。"光武不答，去之真定④。林于是乃诈以卜者王郎为成帝子子舆，十二月，立郎为天子，都邯郸，遂遣使者降下郡国。

二年正月，光武以王郎新盛，乃北徇⑤蓟。王郎移檄购光武十万户，而故广阳王子刘接起兵蓟中以应郎，城内扰乱，转相惊恐，言邯郸使者方到，二千石以下皆出迎。于是光武趣驾南辕⑥，晨夜不敢入城邑，舍食道傍。至饶阳⑦，官属皆乏食。光武乃自称邯郸使者，入传舍⑧。传吏方进食，从者饥，争夺之。传吏疑其伪，乃椎鼓数十通，绐⑨言邯郸将军至，官属皆失色。光武升车欲驰，既而惧不免，徐还坐，曰："请邯郸将军入。"久乃驾去。传中人遥语门者闭之。门长曰："天下讻⑩可知，而闭长者乎？"遂得南出。晨夜兼行，蒙犯霜雪，天时寒，面皆破裂。至滹沱河，无船，适遇冰合，得过，未毕数车而陷。进至下博⑪城西，遑惑不知所之。有白衣老父在道旁，指曰："努力！信都郡⑫为长安守，去此八十里。"光武即驰赴之，信都太守任光开门出迎。世祖⑬因发莽县，得四千人，先

105

击堂阳⑭、贳县⑮，皆降之。王莽和成卒正⑯邳彤亦举郡降。又昌城⑰人刘植，宋子⑱人耿纯，各率宗亲子弟，据其县邑，以奉光武。于是北降下曲阳⑲，众稍合，乐附者至有数万人。

......

会上谷太守耿况、渔阳太守彭宠各遣其将吴汉、寇恂等将突骑来助击王郎，更始亦遣尚书仆射谢躬讨郎，光武因大飨士卒，遂东围巨鹿⑳。王郎守将王饶坚守，月余不下。郎遣将倪宏、刘奉率数万人救巨鹿，光武逆战于南栾㉑，斩首数千级。四月，进围邯郸，连战破之。五月甲辰，拔其城，诛王郎。收文书，得吏人与郎交关谤毁者数千章㉒。光武不省㉓，会㉔诸将军烧之，曰："令反侧子㉕自安。"

《后汉书·光武帝纪》

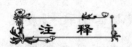

注 释

①更始：刘玄称帝的年号。古代文献中，往往有用年号代指其帝的作法（明清时最为盛行）。此处即指刘玄。

②行：代理。

③河：黄河。

④真定：古县名，治所在今河北正定县南。

⑤徇：巡行。

⑥趣：同"促"，急促，急忙。南辕：驾车往南走。

⑦饶阳：汉县名。在河北省中部偏南，滹沱河流域。

⑧传舍：旅舍。

⑨绐：欺骗，说谎。

⑩讵(jù)：岂，反诘语气词。

⑪下博：汉县名，治所在今河北深县东南。

⑫信都郡：汉郡名，治所在今河北冀县。

⑬世祖：即光武帝刘秀。

⑭堂阳：汉县名，因在堂水之北而得名。在今河北新河县。

⑮贳(shì)县：汉县名，在今河北束鹿县。

⑯和成：郡名，王莽时所设。卒正：王莽所置官名，职同太守。

⑰昌城：汉县名，故城在今河北冀县西北。

⑱宋子：汉县名。故城在今河北赵县北。

⑲下曲阳：汉县名。在今河北晋县西。

⑳巨鹿：郡名。西汉时辖境在今河北省滹沱河以南，平乡以北，柏乡以东，束鹿新河以西。此处指巨鹿县，治所在今河北平乡西南。

㉑南栾(luán)：汉县名，在今河北巨鹿北。

㉒交关：交往。章：信件。

㉓省(xǐng)：察看，检查。

㉔会：会合，聚集。

㉕反侧子：睡不好觉的人。

译文

及至更始到了洛阳，便任光武为破虏将军代行大司马的职务。十月，光武拿着符节渡黄河北上，安定抚慰州郡官民……

进至邯郸，已故赵缪王刘元的儿子刘林向光武献策说："赤眉军现在河东，只要决开黄河淹灌他们，赤眉百万军队可成为鱼。"光武不答，而去真定。刘林就伪称占卜的王郎是汉成帝的儿子刘子舆,十二月,立王郎为天子,定都邯郸,并派遣使者招降下属郡国。

　　更始二年(公元 24 年)正月,光武因为王郎新起势盛,便北上巡视蓟地。王郎发布檄文,许诺对捕杀到光武的人封以 10 万户的爵位。已故广阳王刘嘉的儿子刘接,起兵蓟中以策应王郎。蓟城城内混乱,人民相继惊恐起来,并传说邯郸派来的使者刚到,2000 石以下的官员都出去欢迎。于是光武急忙驾车南奔,早晨夜晚都不敢进城,就在路旁食宿。到达饶阳,官属都没有吃的了。光武就自称是邯郸派来的使者,进入客栈。客栈的小吏正在用餐,光武的随从饥饿得很,便抢饭吃。客栈的小吏怀疑光武是假冒的,就击鼓数十通,谎称邯郸将军到,官属都吓得变了脸色。光武上车想要奔逃,但转念怕跑不了。便从容坐到原位,说:"请邯郸将军进来。"许久,才驾车离去。客栈的人远远地叫守门者不放行。守门的官长说:"天下大局岂可预知?能阻拦长者吗?"光武才得南行。日夜兼行,蒙霜冒雪,时正天寒,脸面都冻裂了。到了滹沱河,没有船,恰值河面封冻,得以踏冰而过,没有过完几辆车子,冰就塌陷了。到达下博城西,彷徨困惑,不知往哪里走为好。有白衣老头在路旁说:"赶快走!信都郡的人还在为长安政权坚守着,那儿离这儿八十里。"光武马上赶赴信都,太守任光开门迎接。光武下便征发周围各县兵马,共得 4000 人。首先攻打堂阳、贳县,两地都投降了。王莽和成卒正邳彤也领全郡投降。又有昌城人刘植、宋子人耿纯带领宗亲子弟,占领各自所在县城,奉献给光武,于是往北攻下曲阳,部众渐渐地集聚起来,乐意依附光武的达到数万人。

　　……

　　正好上谷太守耿况、渔阳太守彭宠,各派自己的将领吴汉、寇恂等率领突骑帮助攻打王郎,更始也派尚书仆射讨伐王郎,光武乘机大设酒宴慰劳将士,东进包围巨鹿。王郎守将王饶坚守,一个多月没攻下。王郎派将领倪宏、刘奉领数万人援救巨鹿，光武迎战于南栾，杀数千人。四月，光武进军围攻邯郸，连战连捷。五月甲辰，攻克邯郸，杀王郎。在缴获的文书中，光武发现部下官员和王郎勾结来往毁谤自己的书信有几千份。光武不看，召集将军们当面一把火烧掉，说："让那些睡不好觉的人安下心来吧！"

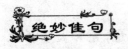

晨夜兼行，蒙犯霜雪。

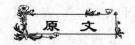

桓荣传

大会百官,诏问谁可傅太子者,群臣承望上意,皆言太子舅执金吾原鹿侯阴识可。博士张佚正色曰:"今陛下立太子,为阴氏乎?为天下乎?即为阴氏,则阴侯可;为天下,则固宜用天下之贤才。"帝称善,曰:"欲置傅者,以辅太子也。今博士不难正朕,况太子乎?"即拜佚为太子太傅,而以荣①为少傅,赐以辎车、乘马。荣大会诸生,陈其车马、印绶,曰:"今日所蒙,稽古之力也,可不勉哉!"荣以太子经学成毕,上疏谢曰:"臣幸得待帷幄,执经连年,而智学浅短,无以补益万分。今皇太子以聪叡之姿,通明经义,观览古今,储君副主莫能专精博学若此者也。斯诚国家福祐,天下幸甚。臣师道已尽,皆在太子,谨使掾臣氾再拜归道。"太子报书曰:"庄以童蒙,学道九载,而典训不明,无所晓识。夫《五经》广大,圣言幽远,非天下之至精,岂能与于此!况以不才,敢承诲命。昔之先师谢弟子者有矣,上则通达经旨,分明章句,下则去家慕乡,求谢师门。今蒙下列,不敢有辞,愿君慎疾加餐,重爱玉体。"

......

显宗即位,尊以师礼,甚见亲重,拜二子为郎。荣年逾八十,自以衰老,数上书乞身,辄加赏赐。乘舆尝幸太常府,令荣坐东面,设几杖,会百官骠骑将军东平王苍②以下及荣门生数百人,天子亲自执业，每言辄曰"大师在是"。既罢，悉以太官供具赐太常家。其恩礼若此。

永平二年，三雍初成，拜荣为五更③。每大射养老礼毕，帝辄引荣及弟子升堂，执经自为下说。乃封荣为关内侯，食邑五千户。

荣每疾病，帝辄遣使者存问，太官、太医相望于道。及笃，上疏谢恩，让还爵土。帝幸其家问起居，入街下车，拥经而前，抚荣垂涕，赐以床茵、帷帐、刀剑、衣被，良久乃去。自是诸侯将军大夫问疾者，不敢复乘车到门，皆拜床下。荣卒，帝亲自变服，临丧送葬，赐冢茔于首山之阳④。除兄子二人补四百石，都讲生八人补二百石，其余门徒多至公卿。

《后汉书·桓荣传》

注释

①荣：桓荣，字春卿，沛郡龙亢人。沛郡，汉置，治相县。后汉为沛国。在今安徽宿县西北。龙亢，县名，故城在今安徽怀远县西北。

②东平王苍：即东平王刘苍，是明帝刘庄的哥哥。

③五更：古代乡官名。相传古代设三老五更，以尊养老人。

④首山之阳：首山，即首阳山的简称。阳，山的南面。

译文

建武二十八年（公元52年），朝中大会百官，皇上诏问谁可做太子的师傅，群臣体察皇上本意，都说太子的舅父执金吾原鹿侯阴识足以担任，博士张佚正色道："今皇上立太子，是为阴氏呢，还是为天下？倘若为阴氏，那么阴侯可以；倘若为天下，就应该用天下的贤才。"皇帝觉得讲得好，说道："想设师傅，是为了辅佐太子。如今博士不顾忌纠正我的过失，何况太子呢？"因此拜张佚为太子太傅，而以桓荣为少傅，赐以辎车、乘马。桓荣大会诸生，陈列出车马、印绶道："今日蒙皇上所赐，是得力于稽考古书啊，可不勉励吗？"桓荣认为太子经学已学好，上疏辞谢道："臣有幸得侍奉帷幄，讲经几年，可智学浅短，无以补益万分之一。如今皇太子凭着聪颖的资质，通经明义，观览古今，没有哪位太子能专精博学像这样的。这真是国家的福佑，天下的幸运。臣师道已尽，所学都已在太子，谨通过掾臣氾再拜回家。"太子复信道："刘庄以童蒙，学道九年，无所晓识。《五经》广大，圣言幽远，不是天下最聪明的人，岂能精通得了！何况不才如我，不敢承教诲。从前的先师感谢弟子的有人了，上则通达经书意旨，弄明章句后请弟子东归，下则离家日久思乡，求谢师门而归。如今我蒙受下列，不敢有辞，愿您预防疾病，多多加餐，重爱玉体。"

……

显宗即位，尊桓荣以师礼，桓荣极受亲近和尊重，拜桓荣二子为郎。桓荣年过八十，自以衰老，多次上书请求退休，每次都加赏赐。皇帝曾经坐车到桓荣府第，叫桓荣坐东面，设几杖，集合百官骠骑将军东平王刘苍以下和桓荣的学生数百人，天子亲自执业，每开口就说："大师在这里。"礼毕，把太官供具全部赐给桓荣家。其恩礼桓荣竟达如此。

永平二年(公元59年)，三雍初建成，拜桓荣为五更养老。每次举行大射养老礼毕，皇帝就引桓荣和弟子升堂，执经书自己在下面讲说。因此封桓荣为关内侯，食邑五千户。

桓荣每次生病，皇上就派使者慰问，太官、太医在路上络绎不绝。后来病重，桓荣上疏谢恩，让还爵土。皇上亲自到他家问安，入街下车，捧着经书上前，抚摸着桓荣，流着眼泪，赐给他床褥、帷帐、刀剑、衣被，好久才走开。从此诸侯将军大夫问疾的,不敢再乘车到门口,都拜倒在床下。桓荣死后,皇帝亲自变换服色,临丧送葬,赐给墓地在首阳山之南。封桓荣哥哥的两个儿子补 400 石,都讲生八人补 200 石,其余门徒许多做到了公卿。

绝妙佳句

愿君慎疾加餐,重爱玉体。

人和政通

113

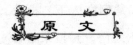
有非其人，则民受其殃

　　帝遵奉①建武制度，无敢违者。后宫之家，不得封侯与政。馆陶公主为子求郎②，不许，而赐钱千万。谓群臣曰："郎官上应列宿③，出宰百里。有非其人，则民受其殃，是以难之。"

《后汉书·明帝纪》

注 释

　　①奉：遵行。

　　②"馆陶公主"句：馆陶公主，光武帝刘秀之女。郎，官名，皇帝侍从官侍郎、中郎、郎中等的统称。东汉以尚书台为行政中枢，其分曹任事者为尚书郎，职责范围扩大。

　　③"郎官"句：南宫（太微宫）五帝座后相聚的 15 颗星，为一星座，称"郎位"，古人认为它们是与郎官对应的星宿。

译 文

　　汉明帝刘庄遵行光武帝刘秀建武年代的制度，没有敢违抗的。外戚之家，不准封侯参政。他的妹妹馆陶公主为儿子请求郎的官位，明帝

文学常识丛书

114

不予答应,而赐钱千万。他对群臣说:"郎官上应天上星宿,宰辖百里,如果人选不当,百姓就要遭殃,所以不准许。"

绝妙佳句

有非其人,则民受其殃。

人和政通

115

马太后以身率下

欲封爵诸舅，太后不听。明年夏，大旱，言事者以为不封外戚之故，有司因此上奏，宜依旧典。太后诏曰："凡言事者皆欲媚朕以要①福耳。昔王氏五侯同日俱封②，其时黄雾四塞，不闻澍雨之应。又田蚡、窦婴③，宠贵横恣，倾覆之祸，为世所传。故先帝防慎舅氏，不令在枢机之位④。诸子之封，裁令半楚、淮阳诸国，常谓'我子不当与先帝子等'。今有司奈何欲以马氏比阴氏⑤乎！吾为天下母，而身服大练⑥，食不求甘，左右但著帛布，无香薰之饰者，欲身率下也。以为外亲见之，当伤心自勒，但笑言太后素好俭。前过濯龙门上，见外家问起居者，车如流水，马如游龙，仓头衣绿褠⑦，领袖正白，顾视御者，不及远矣。故不加谴怒，但绝岁用而已，冀以默愧其心，而犹懈怠，无忧国忘家之虑。知臣莫若君，况亲属乎？吾岂可上负先帝之旨，下亏先人之德，重袭西京败亡之祸哉"固不许。

帝省诏悲叹，复重请曰："汉兴，舅氏之封侯，犹皇子之为王也。太后诚存谦虚，奈何令臣独不加恩三舅乎？且卫尉⑧年尊，两校尉⑨有大病，如令不讳⑩，使臣长抱刻骨之恨⑪。宜及吉时，不可稽留。"

太后报曰："吾反复念之，思令两善。岂徒欲获谦让之名，而使帝受不外施之嫌哉！昔窦太后欲封王皇后⑫之兄，丞相条侯⑬言受高祖约，无军功，非刘氏不侯。今马氏无功于国，岂得与阴、郭中兴之后等邪？常观富贵之家，禄位重叠，犹再实之木，其根必伤。且人所以愿封侯者，欲上奉祭祀，下求温饱耳。今祭祀则受四方之珍，衣食则蒙御府余资，斯岂不足，而必当得一县乎？吾计之孰⑭矣，勿有疑也。夫至孝之行，安亲为上。今数遭变异，谷价数倍，忧惶昼夜，不安坐卧，而欲先营外封，违慈母之拳拳⑮乎！吾素刚急，有胸中气，不可不顺也。若阴阳调和，边境清静，然后行子之志。吾但当含饴弄孙，不能复关政矣。"

……

四年，天下丰稔，方垂无事，帝遂封三舅廖、防、光为列侯。并辞让，愿就关内侯。太后闻之，曰："圣人设教，各有其方，知人情性莫能齐也。吾少壮时，但慕竹帛，志不顾命。今虽已老，而复'戒之在得'⑯，故日夜惕厉⑰，思自降损。居不求安，食不念饱。冀乘此道，不负先帝。所以化导兄弟，共同斯志，欲令瞑目之日，无所复恨。何意老志复不从哉？万年之日长恨矣！"廖等不得已，受封爵而退位归第焉。

《后汉书·皇后纪》

注释

①要：通"邀"，求取，希望得到。

②"昔王氏"句：西汉成帝封太后弟王谭、王商、王立、王根、王逢时等，同时为关内侯。

③田蚡、窦婴：田蚡，西汉景帝王皇后之弟，任丞相，被封为武安侯。骄横跋扈。死后，汉武帝曾说："如果田蚡在世，我就要把他的家族灭了。"窦婴，汉文帝窦皇后堂兄之子。任丞相，被封为魏其侯，后因罪被杀。

④枢机之位：重要的官位。

⑤阴氏：光武帝皇后阴丽华。

⑥大练：厚而白的帛。

⑦褠：臂套。即现在俗称的"袖套"。

⑧卫尉：马皇后之兄马廖，时任卫尉。

⑨校尉：马皇后之兄马防、马光，时任校尉。

⑩不讳：不幸去世。

⑪恨：遗憾。

⑫窦太后：汉文帝皇后。王皇后：汉景帝皇后。

⑬条侯：即周亚夫。被封为条侯，故名。

⑭孰：通"熟"，仔细、周详。

⑮拳拳：眷爱之情。

⑯戒之在得：《论语·季氏》："及其老矣，血气既衰，戒之在得。"得，贪得。

⑰惕：惧。厉：危险。

译文

（建初元年即公元 76 年，）章帝想分封几位舅舅，马太后不允许。第二年夏天，大旱，分析这件灾事的人认为是由于不封外戚的缘故，因此上书奏请，应依汉制旧典，对外戚封侯。马太后诏令说："凡是讲到旱灾应对外戚封侯的，都是想讨好于我以求获得福禄。从前成帝时，同时封王太后五位弟弟为五个关内侯,那时黄雾充塞于四方,却不见及时雨下降。田蚡、窦婴,封侯后受宠显贵,骄横任性,而遭倾覆破灭的祸患,是世人皆知而口头传述的。所以先帝(明帝)在世时,谨慎地不让外戚担任朝廷重要官职。诸皇子的封邑,只准有楚、淮阳诸国封地的一半。常说'我子不当与先帝子等同'。现在管事的人为何以我马氏比阴氏呢?我身为国母,穿普普通通的白缯,吃饭不求甘美,左右的人只穿帛布衣裳,没有胭脂水粉薰香之类的修饰,是为了以身作则为天下的表率。认为外亲见之,当扪心自省,自我约束。没想到他们只笑说太后素来爱好俭朴。前些天经过濯龙门上,见外戚家来请安的人,车如流水,马如游龙,奴仆戴着绿色的袖套,衣领衣袖纯一雪白,而看看为我驾车的,比他们就差很远了。我没有发怒加以谴责,只继绝供给他们的用费,希望他们有所惭愧,但他们还是懈怠,不知忧国忘家。了解臣下的莫过于君王,更何况是亲属呢?我难道可以上而有负先帝的旨意,下而亏损先人的德行,重蹈西京时外戚遭到诛戮败亡的惨祸吗?"坚决不让章帝给诸舅封爵。

章帝读了太后诏令悲戚感叹,又再次请求太后说:"汉室兴,舅氏封侯,犹如皇子封王。太后有谦虚的美德,怎能让我独不加恩于舅父呢?况且卫尉马廖舅舅年岁很大,两校尉马防、马光舅舅大病在身,如果一旦不幸去世,将使我长抱刻骨的遗憾!应趁吉日良辰,封侯舅氏,不可稽延耽搁。"

太后回答说:"我反复考虑,想做到两方面都好。我难道想获谦让的美名,而使帝遭受不施舅父恩宠的嫌疑吗?从前,窦太后想封景帝王皇后兄王信,丞相条侯周亚夫说受高祖的约定,无军功,不是刘氏子不封侯。今我马氏无功于国,怎能与阴氏、郭氏中兴时期皇后等同呢?我常常看到富贵之家,禄位重叠,好像结第二次果子的树木,负荷太重,它的根必定受到伤害。而且人们之所以希望封侯,是想能有丰厚的物质祭祀祖先,能过上温饱的生活。现在我马家的祭祀享受四方的珍馐,衣食则蒙朝廷俸禄而有余裕，这难道还不够，而必须封侯得一食邑吗？我通过再三考虑，没有半点疑惑了。最好的孝行，安亲为上，现在连遭几次变异，谷价涨了几倍，我日夜忧愁惶恐，坐卧不安，而你却要先对外戚封侯，违背慈母的眷爱之情！我素来刚烈急躁，胸中有气，是不可不顺的呀！如果以后阴阳协调，边境安宁，再执行你的计划，我就只含饴弄孙，不会再关心朝政了。"

……

建初四年（公元79年），天下丰收，边陲无事，章帝于是封三个舅舅马廖、马防、马光为列侯。他们都辞让，愿意封关内侯。马太后听后，说："圣人设置教化，不同对象采取不同的方式，深知人们的情趣性灵是不能一致的。我在年轻的时候，只羡慕古人留名竹帛书籍，千载流芳，而不考虑命之长短。现在年纪虽然大了，而仍然告诫自己不要贪婪，所以日夜警惕危殆，总想自我压抑减损。居不求太安逸，食不求太美好。希望按照这种方式生活下去，而不辜负先帝的期望。也用以启发引导各兄弟，共同抱定这个志向，想在瞑目的时候，没有什么遗憾。现在你们偏偏愿受封爵，万不料我的夙愿还是得不到你们的顺从。不能实现啊！我只有永远含恨于九泉了！"马廖等没有办法，接受封爵后马上退位，闲居于家，不问政事。

绝妙佳句

今虽已老，而复"戒之在得"，故日夜惕厉，思自降损。居不求安，食不念饱。冀乘此道，不负先帝。所以化导兄弟，共同斯志，欲令瞑目之日，无所复恨。何意老志复不从哉？万年之日长恨矣！

作者简介

　　司马光（1019—1083 年），字君实，陕州夏县（今山西省闻喜县）涑水乡人，世称"涑水先生"。宋仁宗宝元元年（1038 年）进士。曾任天章阁侍制兼侍讲知谏院。后因反对王安石变法，于熙宁三年（1070 年）出知永兴军。第二年退居洛阳，花费 15 年时间主编《资治通鉴》。后被宋哲宗召入京主持国事，为相 8 个月病逝，追封温国公，谥文正。有《司马文正公集》。

　　《资治通鉴》是一部编年体通史，上起周威烈王二十三年（公元前 403 年），下迄后周世宗显德六年（公元 959 年），全书共 294 卷，另有《目录》《考异》各 30 卷。该书语言简练晓畅，叙事清晰严谨，有些篇章具有较高的文学价值。

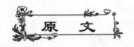

景帝恕梁王

梁孝王以至亲①有功,得赐天子旌旗,从千乘万骑②,出跸入警③。王宠信羊胜、公孙诡,以诡为中尉。胜、诡多奇邪计,欲使王求为汉嗣④。栗太子之废也⑤,太后意欲以梁王为嗣,尝因置酒谓帝曰:"安车大驾,用梁王为寄。"帝跪席举身曰:"诺。"罢酒⑥,帝以访诸大臣,大臣袁盎等曰:"不可。昔宋宣公不立子而立弟,以生祸乱,五世不绝。小不忍,害大义,故《春秋》大居正⑦。"由是太后议格,遂不复言。王又尝上书:"愿赐容车之地,径至长乐宫,自使梁国士众筑作甬道⑧朝太后。"袁盎等皆建以为不可。

梁王由此怨袁盎及议臣,乃与羊胜、公孙诡谋,阴使人⑨刺杀袁盎及他议臣十余人。贼未得⑩也,于是天子意梁;逐贼,果梁所为。上⑪遣田叔、吕季主往按⑫梁事,捕公孙诡、羊胜;诡、胜匿⑬王后宫。使者十余辈至梁,责二千石⑭急。梁相轩丘豹及内史韩安国以下举国大索,月余弗得。安国闻诡、胜匿王所,乃入见王而泣曰:"主辱⑮者臣死。大王无良臣,故纷纷至此。今胜、诡不得,请辞,赐死!"王曰:"何至此!"安国泣数行下,曰:"大王自度⑯于皇帝,孰与临崐江王亲?"王曰:"弗如也。"安国曰:"临江王适长太子,以⑰一言过,废王临江⑱;用宫垣事⑲,卒自杀中尉府。何者?治天下终不用私乱公。今大王列在诸侯,邪臣浮说,犯上禁,桡⑳

明法。天子以太后故㉑，不忍致法于大王；太后日夜涕泣，幸大王自改，大王终不觉悟。有如太后宫车即晏驾㉒，大王尚谁攀㉓乎？"语未卒㉔，王泣数行而下，谢安国曰："吾今出胜、诡。"王乃令胜、诡皆自杀，出之。上由此怨望梁王。

梁王恐㉕，使邹阳入长安，见皇后兄王信曰："长君弟得幸于上㉖，后宫莫及，而长君行迹多不循道理者。今袁盎事即穷竟，梁王伏诛，太后无所发怒，切齿侧目于贵臣，窃㉗为足下忧之。"长君曰："为之奈何？"阳曰："长君诚能精为上言之，得毋竟梁事；长君必固自结于太后，太后厚德㉘长君入于骨髓，而长君之弟幸于两宫，金城之固也。昔者舜之弟象，日㉙以杀舜为事，及舜立为天子，封之于有卑。夫仁人之于兄弟，无藏怒㉚，无宿怨，厚亲爱而已。是以后世称之。以是说㉛天子，徼幸梁事不奏㉜。"长君曰："诺。"乘间入言之，帝怒稍解。

是时，太后忧梁事不食，日夜泣不止，帝亦患之。会㉝田叔等按梁事来还，至霸昌厩，取火悉㉞烧梁之狱辞，空手来见帝。帝曰："梁有之乎？"叔对曰："死罪！有之。"上曰："其事㉟安在？"田叔曰："上毋以梁事为问也！"上曰："何也？"曰："今梁王不伏诛㊱，是汉法不行㊲也；伏法而太后食不甘味，卧不安席，此忧在陛下也。"上大然㊳之，使叔等谒㊴太后，且曰："梁王不知也；造为之者，独㊵在幸臣羊胜、公孙诡之属为之耳，谨已伏诛死，梁王无恙也。"太后闻之，立起坐餐，气平复㊶。

梁王因上书请朝。既至关，茅兰说王，使乘布车㊷、从两骑入，匿于长公主园。汉使使迎王，王已入关，车骑尽居外，不知王处㊸。

123

人和政通

太后泣曰:"帝果杀吾子!"帝忧恐。于是梁王伏斧质^⑭于阙下谢罪。太后、帝大喜,相泣,复如故,悉召王从官入关。然帝益疏^⑮王,不与同车辇矣。帝以田叔为贤,擢^⑯为鲁相。

《资治通鉴第十六卷》

① 至亲:关系最为亲密。

② 千乘万骑:成千上万的车辆马匹。

③ 出跸入警:出称"跸",入称"警"。

④ 汉嗣:汉景帝的继承人。

⑤ "栗太子"句:栗太子被废的时候。

⑥ 罢酒:喝完了酒。

⑦ 大居正:大义为主宰。

⑧ 甬道:两旁有墙防卫的通道。

⑨ 阴:暗地里。使人:派人。

⑩ 贼:指刺客。未得:没有抓到。

⑪ 上:指皇上。

⑫ 按:审查追究。

⑬ 匿:躲藏。

⑭ 二千石:汉代官员秩禄等级的一种。

⑮ 辱:蒙受耻辱。

⑯ 度:估计,揣摩。

⑰ 以:因为。

⑱ 废王临江:被废去太子做临江王。

文学常识丛书

⑲宫垣事:是指修宫侵占围墙的事。

⑳桡:扰乱。

㉑故:缘故,原因。

㉒有如:假如。晏驾:去世。

㉓攀:信赖,依靠。

㉔语未卒:话还没有说完。

㉕恐:恐惧,害怕。

㉖"长君弟"句:是说您的妹妹得到皇上的宠幸。

㉗窃:私下。

㉘厚德:万分感激。

㉙日:整天。

㉚藏怒:暗藏怒气。

㉛是:指舜不记仇的这件事。说:劝说。

㉜奏:处理,处置。

㉝会:正好,恰巧。

㉞悉:全部。

㉟其事:这里是指梁王犯罪的证据。

㊱伏诛:伏法受死。

㊲不行:不执行,废弃。

㊳大然:非常赞成。

㊴谒:谒见。

㊵独:只有。

㊶气平复:情绪稳定。

㊷布车:应是一种普通的车。

㊸处:这里指下落。

㊹斧质：古代一种腰斩的刑具。赤身伏在斧质上，表示请罪。

㊺益：更加，愈发。疏：疏远。

㊻擢：提升。

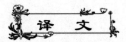

（当初，）梁孝王因为与景帝是一母所生，关系最为亲密，又有平定吴、楚叛乱的大功，被赐予天子使用的旌旗，有成千上万的车辆马匹做随从，出称"跸"，入称"警"，都要清道戒严。梁孝王宠信羊胜、公孙诡，任命公孙诡为中尉。羊胜和公孙诡有许多奇诡不正的计谋，想怂恿梁孝王争取成为汉景帝的继承人。当栗太子被废的时候，窦太后想让梁王为帝位继承人，曾利用宴饮的时候对景帝说："你出入乘坐大驾和安车，要让梁王在你身旁。"景帝跪坐在席上，挺直了身回答说："好。"喝完了酒，景帝就此征询大臣们的意见，大臣袁盎等人说："不成。过去宋宣公不传位给儿子而传位给弟弟，因此产生了祸乱，祸乱持续了五代人。小处不忍心，会伤害大义，所以《春秋》赞成大义为主宰。"因此，太后的意见被阻止，也就再不提让梁王继承帝位了。梁王又曾经上书给景帝："希望赐给我能容得下车辆通过的地方，直达太后居住的长乐宫，我自己派梁国的士兵修筑一条甬道，以便朝见太后。"袁盎等大臣都建议不批准梁王的请求。

梁王因此很怨恨袁盎和其他议政大臣们，就和羊胜、公孙诡商量，暗中派人刺杀了袁盎及其他议政大臣十几个人。刺客没有抓到，于是景帝估计与梁王有关；追查刺客，果然是梁王派来的。景帝派田叔、吕季主前往梁国查究此案，逮捕公孙诡和羊胜；公孙诡和羊胜躲藏在梁王的后宫中。朝廷派出的十几批使臣先后来到梁国，严厉地责问二千石官员。梁相轩丘豹和内史韩安国及以下官员，进行了全国性大搜捕，经过一个多月，没有抓到公孙诡和羊胜。韩安国得知公孙诡和羊胜藏匿在梁王宫中，就进入王宫去见梁王，哭着说："君主蒙受耻辱，臣子应该为他而死。大王身边没有良臣辅佐，所以才闹到这种地步。现在捉不到羊胜、公孙诡，我请求与您诀别，赐我自杀！"梁王说："为什么至于这样呢！"韩安国泪如泉涌，说："大王自己估计您与皇上的关系，比起皇上和临江王来，哪一个更亲？"梁王说："我不如临江王。"韩安国说："临江王是皇上的亲生长子，又曾是太子，因为一句错话，被废去太子，封为临江王；又因为修宫侵占围墙的事，终于在中尉府自杀。为什么这样呢？皇上治理天下终究不能因为私情而干扰公事。现在大王身为诸侯，受奸臣胡言乱语的引诱，违犯皇上的禁令，扰乱尊严的法律。皇上因为太后疼爱您的缘故，才不忍心按国法来惩办您；太后日夜哭泣，希望大王能改过自新，大王却始终不觉悟。假若太后即刻去世，大王还依靠谁呢？话还没有说完，梁王泪流满面，向韩安国赔罪说："我现在就交出羊胜和公孙诡。"梁王就命令羊胜、公孙诡都自杀，交出了他们的尸体。景帝因此怨恨梁王。

梁王很害怕就派邹阳到长安，去见皇后的哥哥王信说："您的妹妹得到皇上的宠幸，在后宫没人能比得上，但是您的行为却有许多不遵循道理的地方。现在如果袁盎被杀一事追究到底，梁王被依法处死，太后的怒火无处发泄，就会向贵臣咬牙侧目地痛恨，我私下为您担忧。"王信说："那该怎么办呢？"邹阳说："您如果能好好地劝告皇上，使他能不深究梁王的事，您一定会受到太后的信任，太后从骨髓中深深感谢您的大德，而您的妹妹可以受到太后和皇上的宠幸，这就会使你们家的荣宠像金城一样牢固。当初，舜的弟弟象，整日只想杀死舜，等到舜做了天子，却把象封到了有卑。仁义的人对于自己的弟弟，不暗藏怒火，不记过去的怨仇，只是很好地对待他罢了。正因为如此，后代人都称赞舜。用这番道理去劝说皇上，梁王的事就可能侥幸不处置了。"王信说："好。"他找到一个机会，入宫向景帝说了上面的这番道理，景帝对梁王的恼怒稍稍化解。

这时，太后担心梁王的事情，不吃东西，日夜哭泣不止，景帝很担心。正好田叔等人查办完梁王的事，返回长安，到达霸昌厩，田叔等用火把在梁国办案取得的证词全部烧毁，空着手来见景帝。景帝问："梁王有罪吗？"田叔回答说："犯死罪的事是有的。"景帝问："他的罪证在哪里？"田叔说："陛下不要过问梁王的罪证了。"景帝问："为什么？"田叔说："有了罪证，如今不杀梁王，就废弃了汉朝的法律；如果处死梁王，太后会吃东西没有滋味，睡不好觉，这样就会给陛下带来忧愁。"景帝非常赞成他所说的道理，让田叔等人谒见太后，并且说："梁王不知情；主持这件事的，只有梁王的宠臣羊胜、公孙诡之流，这些人都已经按国法处死，梁王没有受到伤害。"太后听到这些话，立即起来坐着吃饭，情绪也稳定了。

梁王乘机上书请求朝见景帝，已经到达函谷关，茅兰劝说梁王，让他乘坐着普通的布车，只带两名骑士为随从入关，藏匿在长公主的园内。朝廷派使臣迎接梁王，梁王已入关，随从的车骑都在关外，不知道梁王的下落。太后哭着说："皇帝果然杀了我儿子！"景帝很担忧害怕。这时，梁王来到皇宫门前，伏在刑具上面，表示认罪，请求处置。太后、景帝喜出望外，三人相对哭泣，和好如初，梁王的随从官员也都召入关内。但是，景帝愈发疏远梁王，不再和他乘坐一辆车出入了。景帝认为田叔贤能，就提升他做了鲁国的相。

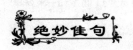

小不忍，害大义。

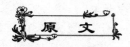

祭遵薨于军

颍阳成侯祭遵薨于军;诏冯异①并将其营,遵为人,廉约小心,克己奉公,赏赐尽与士卒;约束严整,所在吏民不知有军。取士②皆用儒术,对酒设乐,必雅歌投壶。临终,遗戒薄葬;问以家事,终无所言。帝愍③悼之尤甚,遵丧至河南,车驾素服④临之,望哭哀恸;还,幸城门,阅过⑤丧车,涕泣不能已;丧礼成,复亲祠以太牢⑥。诏大长秋、谒者、河南尹护丧事,大司农给费。至葬,车驾复临之;既葬,又临其坟,存见夫人、室家。其后朝会,帝每叹曰:"安得⑦忧国奉公如祭征虏者乎!"卫尉铫期曰:"陛下至⑧仁,哀念祭遵不已,群臣各怀惭惧。"帝乃⑨止。

《资治通鉴第四十二卷》

人和政通

129

注释

①冯异:字公孙,颍川父城(今河南宝丰东)人。东汉中兴名将,"云台二十八将"之一。

②取士:选用人才。

③愍:怜悯,哀怜。

④素服:此指丧服。

⑤阅:检阅,观看。过:经过。

⑥太牢：古代帝王祭祀社稷时,牛、羊、豕三牲全备为"太牢"。

⑦得：得到。

⑧至：极其。

⑨乃：才。

颍阳成侯祭遵在军中去世。刘秀下诏,命冯异接管他的军队。祭遵为人廉洁、节俭,小心谨慎,克己奉公,所得赏赐全都分给士卒。他的军队纪律严明,所到之处,地方官民不知有大军屯驻。选用人才,全以儒家的思想方法为准则,在酒席宴上设乐,一定用儒家喜爱的雅歌,并有古老的投壶游戏。临终时,祭遵嘱咐薄葬。当人问起家里的事情,他始终不说话。刘秀对祭遵去世异常哀痛。祭遵的棺木运到河南,刘秀穿着丧服亲临吊丧,望着棺木痛哭。回宫时,经过城门,看灵车经过,泪流满面不能克制。举行丧礼之后,又亲自用牛、羊、猪各一祭奠。下诏令大长秋、谒者、河南尹共同主持丧事,由大司农负担费用。到下葬时,刘秀又亲到现场。下葬以后,又到墓前致哀,慰问祭遵夫人和全家。以后在朝会时,刘秀往往叹息说:"我怎么才能得到像祭遵这样爱国奉公的人啊!"卫尉铫期说:"陛下极其仁爱,哀悼祭遵不已,使群臣各自感到惭愧惶恐。"刘秀才停止念叨。

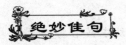

帝愍悼之尤甚,遵丧至河南,车驾素服临之,望哭哀恸;还,幸城门,阅过丧车,涕泣不能已;丧礼成,复亲祠以太牢。诏大长秋、谒者、河南尹护丧事,大司农给费。至葬,车驾复临之;既葬,又临其坟,存见夫人、室家。其后朝会,帝每叹曰:"安得忧国奉公如祭征虏者乎!"

唐太宗废封禅礼

　　文武官复①请封禅，上曰："卿辈皆以封禅为帝王盛事，朕意不然。若天下乂安，家给人足，虽不封禅，庸何伤乎！昔秦始皇封禅，而汉文帝不封禅，后世岂以文帝之贤不及始皇邪！且事天扫地而祭，何必登泰山之巅②，封数尺之土，然后可以展③其诚敬乎！"群臣犹请之不已，上亦欲从④之，魏徵独以为不可。上曰："公不欲朕封禅者，以功未高邪？"曰："高矣！""德未厚邪？"曰："厚矣！""中国未安邪？"曰："安矣！""四夷未服邪？"曰："服矣！""年谷未丰邪？"曰："丰矣！""符瑞未至邪？"曰："至矣！""然则何为不可封禅？"对曰："陛下虽有此六者，然承隋末大乱之后，户口未复⑤，仓廪⑥尚虚，而车驾东巡，千乘万骑，其供顿劳费，未易任也。且陛下封禅，则万国咸集，远夷君长⑦，皆当扈从；今自伊、洛⑧以东至于海、岱⑨，烟火尚希⑩，灌莽极目，此乃引戎狄入腹中⑪，示之以虚弱也。况赏赉不赀⑫，未厌远人之望；给复连年，不偿百姓之劳；崇虚名而受实害，陛下将焉用之！"会河南、北数州大水，事遂寝。

《资治通鉴第一百九十四卷》

注　释

①复：又，再。

②巅：顶峰。

③展：展示。

④从：听从。

⑤复：恢复。

⑥仓廪：国家府库粮仓。

⑦远夷君长：远方的夷族首领。

⑧伊、洛：伊水、洛水。

⑨海、岱：大海、泰山。

⑩希：稀少。

⑪入腹中：进入大唐腹地。

⑫赀：计算。

译　文

　　文武百官又请求进行封禅大礼，唐太宗说："你们都认为登泰山封禅是帝王的盛举，朕不以为然。如果天下安定，百姓富足，即使不去封禅，又有什么损伤呢？从前秦始皇行封禅礼，而汉文帝不封禅，后代岂能认为文帝的贤德不如秦始皇！而且侍奉上天扫地而祭祀，何必要去登泰山之顶峰，封筑几尺的泥土，然后才算展示其诚心敬意呢！"群臣还是不停地请求，太宗也想听从此意见，惟独魏徵认为不可。太宗说："你不想让朕去泰山封禅，认为朕的功劳不够高吗？"魏徵答道："够高了！""德行不厚吗？"答道："很厚了！""大唐不安定吗？"答道："安定！""四方夷族没归服吗？"答道："归服了。""年成不丰收吗？"答道："丰收了！""符瑞没有到吗？"答道："到了！"

"那么为什么不可以行封禅礼？"答道："陛下虽然有上述六点理由，然而承接隋亡大乱之后，户口没有恢复，国家府库粮仓还很空虚，而陛下的车驾东去泰山，大量的骑兵车辇，其劳顿耗费，必然难以承担。而且陛下封禅泰山，则各国君主聚集，远方夷族首领跟从，如今从伊水、洛水东到大海、泰山，人烟稀少，草木丛生，这是要引戎狄进入大唐腹地，并展示我们的虚弱。况且赏赐供给无数，也不能满足这些远方人的欲望；几年免除徭役，也不能补偿老百姓的劳苦。像这样崇尚虚名而实际对百姓有害的政策，陛下怎么能采用呢！"正赶上黄河南北地区数州县发大水，于是就停止了封禅。

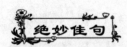
绝妙佳句

若天下乂安，家给人足，虽不封禅，庸何伤乎！

魏徵谏太宗治国之道

魏徵上疏，以为："《文子》曰：'同言①而信，信在言前；同令②而行，诚在令外。'自王道休明③，十有余年，然而德化未洽④者，由⑤待下之情未尽诚信故也。今立政致治，必委之君子；事有得失，或访之小人。其待君子也敬而疏，遇小人也轻而狎⑥；狎则言无不尽，疏则情不上通⑦。夫中智之人，岂无小慧⑧！然才非经国，虑不及远，虽竭力尽诚，犹未免⑨有败，况内怀奸宄⑩，其祸岂不深乎！夫虽君子不能无小过，苟不害于正道，斯可略矣。既谓之君子而复疑其不信，何异立直木而疑其影之曲乎！陛下诚能慎选君子，以礼信用之，何忧不治！不然，危亡之期，未可保⑪也。"上赐手诏褒美⑫曰："昔晋武帝平吴之后，志意骄怠，何曾位极台司，不能直谏，乃私语子孙，自矜明智，此不忠之大者也。得公之谏，朕知过矣。当置之几案以比弦、韦⑬。"

《资治通鉴第一百九十五卷》

①同言：相同的言语。

②同令：同样的命令。

③休明：美好，清平。

④未洽：不尽人意。

⑤由：由于，因为。

⑥狎：亲昵。

⑦通：通达。

⑧小慧：小聪明。

⑨免：难免。

⑩宄(guǐ)：作乱或盗窃的人。

⑪保：保证。

⑫褒美：夸赞。

⑬弦、韦：用以警戒之物。《韩非子·观行》："西门豹之性急，故佩韦以自缓；董安于之性缓，故佩弦以自急。"韦乃鞣制过的兽皮，质柔软。佩韦以自缓即身佩熟皮警醒自己行事要谨慎，勿操之过急。弦即弓弦，佩弦以自急即身佩弓弦警醒自己行事要紧张自促。

135

译　文

魏徵上奏疏认为："《文子》说：'同样的言语，有时能被信任，可见信任在言语之前；同样的命令，有时被执行，可见真诚待人在命令之外。'自从大唐美善兴旺，已有十几年了，然而德化的成效不尽人意，是因为君王对待臣下未尽诚信的缘故。如今确立政策，达到大治，必然委之于君子；而事有得失，有时要询访小人。对待君子敬而远之，对待小人轻佻而又亲昵；亲昵则言语表达得充分，疏远则下情难以上达。智力中等的人，岂能没有小聪明！然而并没有经国的才略，考虑问题不远，即使竭尽诚意，也难免有败绩，更何况内心怀有奸诈的小人，对国家的祸患能不深吗？虽然君子也不能没有小过失，假如对于正道没有太大的害处，就可以略去不计较。既然称之为君子而又怀疑其不真诚,这与立一根直木而又怀疑其影子歪斜有什么不同? 陛下如果真能慎择君子,礼遇信任予以重用,何愁不能达到天下大治呢? 否则的话,很难保证危亡不期而至呀。"太宗赐给魏徵手书诏令,夸赞道:"以前晋武帝平定东吴之后,意志骄傲懈怠,何曾身处三公高位,不能犯颜直谏,而是私下里说与子孙们听,自以为明智,此乃最大的不忠。如今得到你的谏言,朕已知错了。当把你的箴言放在几案上,犹如西门豹、董安于佩戴韦弦以自警。"

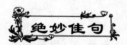

待君子也敬而疏,遇小人也轻而狎;狎则言无不尽,疏则情不上通。

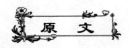

岑文本谏太宗恕君集之过

君集①之破高昌也，私取②其珍宝；将士知之，竞为盗窃，君集不能禁③，为有司④所劾，诏下君集等狱。中书侍郎岑文本上疏，以为："高昌昏迷⑤，陛下命君集等讨而克⑥之，不逾⑦旬日，并付大理。虽君集等自挂网罗，恐海内之人疑陛下唯录其过⑧而遗⑨其功也。臣闻命将出师，主于克敌，苟能克敌，虽贪可赏；若其败绩，虽廉可诛。是以汉之⑩李广利、陈汤，晋之王浚，隋之韩劾虎，皆负罪谴，人主以其有功，咸⑪受封赏。由是观之，将帅之臣，廉慎者寡，贪求者众。是以黄石公⑫《军势》曰：'使智，使勇，使贪，使愚，故智者乐立其功，勇者好行其志，贪者急趋其利，愚者不计其死。'伏愿录其微劳，忘其大过，使君集等虽重升朝列，复备驱驰⑬，虽非清贞之臣，犹得贪愚⑭之将，斯则陛下虽屈法而德弥显，君集蒙宥⑮而过更彰矣。"上乃释⑯之。

《资治通鉴第一百九十五卷》

①君集：即侯君集，唐朝名将。

②私取：私自掠夺。

③禁：禁止。

④有司：有关的官署。

⑤昏迷：昏庸腐败。

⑥克：攻下。

⑦逾：超过。

⑧过：过错。

⑨遗：遗忘。

⑩之：的。

⑪咸：都，全。

⑫黄石公：据说是秦汉时期的人，曾经三试张良。

⑬驱驰：驱使，使用。

⑭贪愚：贪婪愚钝。

⑮蒙宥：承蒙谅宥。

⑯释：开释。

译　文

　　唐朝名将侯君集攻破高昌时，曾私自掠夺大量的珍宝；手下的将士知道，也都偷盗起来，侯君集没有禁止，于是被有关官员弹劾，唐太宗下诏将侯君集等人拿入狱中。中书侍郎岑文本上奏疏，认为："高昌王昏庸腐败，陛下命侯君集等人讨伐并攻克他们，没过十天，又一并宣付大理寺。即使侯君集等人自投罗网，也恐怕国内人怀疑陛下只知记录其过错而遗忘其功劳。我听说受命出师的将领，主要是为了战胜敌人，如果能战胜敌人，即使贪婪也可赏赐；如果战败，即使清廉也要惩罚。所以，汉代的李广利、陈汤，晋代的王浚，隋朝的韩擒虎，均身负罪过，君主以其有功于当朝，都给予封赏。由此看来，将帅等武臣，廉正谨慎的属少数，贪婪不检点的居多。所以黄石公《军势》中说:'用将士们的智慧,用他们的勇武,用他们的贪婪,用他们的愚钝,故而有智慧的人乐于立功建业,勇武的人喜欢实现自己的志向,贪婪的人急于得到他的利益,愚钝的人不考虑生死。'希望陛下能够记住他微小的功劳,忘记其大的过错,使侯君集能够重新升列朝班,再次供陛下驱使,即使不是清正的大臣,也算得到了贪婪愚钝的将领,这样,陛下虽然有亏于法律却使德政更加显明,侯君集等人虽然承蒙谅宥而其过失也更加明显了。"太宗于是开释了侯君集等人。

智者乐立其功,勇者好行其志,贪者急趋其利,愚者不计其死。

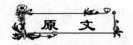
君诚则臣贤

上屡责侍臣不进①贤，众莫敢对。司列少常伯李安期对曰："天下未尝无贤，亦非群臣敢蔽②贤也。比来公卿有所荐引，为谤者已指为朋党③，滞淹者④未获伸而在位者⑤先获罪，是以各务杜口⑥耳！陛下果推至诚以待之，其谁不愿举所知⑦！此在⑧陛下，非在群臣也。"上深以为然。安期，百药⑨之子也。

《资治通鉴第二百零一卷》

①屡：屡次。进：推荐。

②蔽：埋没。

③朋党：结党营私。

④滞淹者：失意的贤者。

⑤在位者：推举贤人的官员。

⑥杜口：闭嘴。

⑦其谁不愿举所知：有谁不愿意推举所知道的贤人！

⑧在：在于。

⑨百药：即李百药，唐初史学家。他在隋时任太子舍人、建安郡丞等职。唐时，任中书舍人、散骑常侍等职。授命修订五礼、律令。贞观元年

文学常识丛书

（公元 627 年）奉诏撰修《齐书》。

译　文

　　唐高宗多次责备身边大臣不推荐德才兼备的人，谁也不敢答话。司列少常伯李安期回答说："天下不是没有贤人，也不是群臣敢于埋没贤人。近来公卿若有所推荐，好进恶言的人已指责为结党营私，失意的贤者尚未得到进用，在位的人先已获罪，于是各人赶忙闭口。陛下果真能诚心诚意对待臣下，有谁不愿意推举所知道的贤人！这个问题关键在陛下，不在于群臣。"唐高宗很同意他的看法。李安期是李百药的儿子。

绝妙佳句

　　天下未尝无贤，亦非群臣敢蔽贤也。比来公卿有所荐引，为谗者已指为朋党，滞淹者未获伸而在位者先获罪，是以各务杜口耳！

141

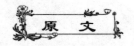

唐初纪事

张九龄请不禁铸钱①,三月,庚辰,敕②百官议之。裴耀卿③等皆曰:"一启此门,恐小人弃农逐利,而滥恶更甚。"秘书监崔沔曰:"若税铜折役,则官冶④可成,计估度庸⑤,则私铸无利,易而可久,简而难诬⑥。且夫钱之为物,贵以通货,利不在多,何待私铸然后足用也!"右监门录事参军刘秩曰:"夫人富则不可以赏劝⑦,贫则不可以威禁⑧。若许其私铸,贫者必不能为之;臣恐贫者益贫而役于富⑨,富者益富而逞其欲。汉文帝时,吴王濞富埒⑩天子,铸钱所致也。"上乃止。秩⑪,子玄之子也。

......

初,殿中侍御史杨汪既杀张审素,更名⑫万顷。审素二子瑝、琇皆幼,坐流岭表⑬;寻逃归,谋伺⑭便复仇。三月,丁卯,手杀万顷于都城,系表于斧,言父冤状;欲之江外杀与万顷同谋陷其父者,至氾水,为有司⑮所得。议者多言二子父死非罪,稚年孝烈能复父仇,宜加矜宥⑯;张九龄亦欲活之。裴耀卿、李林甫以为如此,坏国法,上亦以为然,谓九龄曰:"孝子之情,义不顾死;然杀人而赦之,此涂不可启⑰也。"乃下敕曰:"国家设法,期⑱于止杀。各伸⑲为子之志,谁非徇⑳孝之人!展转相仇,何有限极!咎繇作士,法在必行。曾参杀人,亦不可恕。宜付㉑河南府杖杀。"士民皆怜之，为作哀诔㉒，榜于衢路㉓。市人敛㉔钱葬之于北邙，恐万顷家发之，仍为疑冢㉕数处。

　　唐初，公主实封止㉖三百户，中宗时，太平公主至五千户，率以七丁㉗为限。开元以来，皇妹止千户，皇女又半之，皆以三丁为限；驸马皆除三品员外官，而不任以职事。公主邑入至少，至不能具车服㉘，左右或言其太薄，上曰："百姓租赋，非我所有。战士出死力，赏不过束帛；女子何功，而享多户邪？且欲使之知俭啬耳。"秋，七月，咸宜公主将下嫁，始加实封至千户。公主，武惠妃之女也。于是诸公主皆加至千户。

《资治通鉴第二百一十四卷》

注 释

①张九龄：一名博物，字子寿。韶州曲江（今广东曲江北）人。唐玄宗开元时宰相。铸钱：铸造钱币。

②敕：自上命下。

③裴耀卿：绛州稷山人，是唐玄宗时的一个政治家和诗人。他和张九龄的关系很好。

④官冶：官方铸钱。

⑤庸：雇工的费用。

⑥难诬：杜绝欺诈行为。

⑦赏劝：用奖赏来劝诱。

⑧威禁：用威权来禁止。

⑨役于富：被富人役使。

⑩埒：等同。

⑪秩：刘秩，是刘子玄的儿子。

⑫更名：改名字。

⑬坐流岭表：因受牵连被流放到岭表。

⑭谋：商议。伺：伺机。

⑮有司：指官吏。古代设官分职，各有所司，故称有司。

⑯宥：宽容，饶恕。

⑰启：开启。

⑱期：期望，为了。

⑲伸：伸明。

⑳徇：顺从，遵守。

㉑付：交给。

㉒诔：古代叙述死者生平，表示哀悼。

㉓榜：这里当"张贴"用。衢路：四通八达的道路。

㉔敛：收拢，聚集。

㉕疑冢：假坟墓。

㉖止：通"只"。

㉗丁：成年男子。

㉘"公主邑入"两句：意思是说这些公主的食邑收入很少，以至不能满足车马服装费用的需要。

张九龄请求允许私人铸钱。三月庚辰（十九日），唐玄宗敕令百官商议此事。裴耀卿等人都说："一旦取消这样的禁令，恐怕那些小人都会弃农逐利，钱的滥恶就会更加严重。"秘书监崔沔说："如果折劳役为收铜，官方就可以用来铸钱，计算估价物品的价格，加上雇工的费用，私人铸钱就无利可图了。这样的办法既简易可行，又可以杜绝欺诈行为。再说钱的用处，贵在通商，不在于谋利，为什么说要允许私人铸钱才能使钱够用呢!"右监门录事参军刘秩说:"人富有了，就难以用奖赏来劝诱他，人贫穷了，就难以用威权来禁止他。如果允许民间私人铸钱，贫穷的人必定不能冶铸，我担心这样贫穷的人就会更加穷困，只能被富人役使;富有的人就会更加富有，因而为所欲为。汉文帝时代，吴王刘濞之所以富有与天子相等，就是私人铸钱所招致的结果。"于是唐玄宗才打消了这一念头。刘秩是刘子玄的儿子。

……

起初，殿中侍御史杨汪杀了张审素，就改名为万顷。张审素的两个儿子瑝和琇年纪都小，因受牵连被流放到岭表。不久逃回，商议伺机报仇。三月丁卯(十一日)，他们亲手在都城杀死了杨万顷，并把表状挂在斧头之上，说自己的父亲死得冤枉。然后又想去江外杀掉与杨万顷共同陷害父亲的人，到了汜水，被官方抓获。议论的人都说他们的父亲无罪而死，两个儿子忠孝刚烈，能为父亲报仇，应该赦免其罪，张九龄也想救他们的命。而裴耀卿与李林甫则认为，如果那样，就会违背国法，唐玄宗也认为如此，并对张九龄说:"孝子的这种感情，是为义而不顾死，但杀了人而不问罪，这样的风气不能开。"于是就下敕说:"国家之所以制定法律，就是为了禁止杀人。如果各自都从为人儿子的方面去伸明大志，谁不是遵守孝道的人呢! 这样辗转复仇，哪里会有个完! 咎繇在虞舜时做掌管刑法的官，有法必依。就是曾参杀了人，罪也不可赦。应该交付河南府杖杀他们。"民众们都觉得十分惋惜，为他们作了哀祭的悼文，张贴在大路旁。市民们又捐钱把他们埋葬在北邙山，恐怕杨万顷的家人挖他们的坟墓，所以又作了数处假墓。

唐朝初年，公主的食邑实封只有 300 户，到了唐中宗时，太平公主多达5000 户，每户最多不超过 7 个成人。开元年间以来，皇妹最多只有 1000

145

户，皇女又减半，每户最多不超过 3 个成人。驸马都被命以三品员外官，而不实际任事。这些公主的食邑收入很少，以至不能满足车马服装费用的需要，左右有的人说这些公主的食邑太少，唐玄宗说："百姓的租赋，不是我私人的财产。前方的战士出生入死，也只不过赏赐一些布帛，这些女子有什么功劳，而应该享受那么多的食邑封户呢？再说这样也可以使她们知道节俭生活。"秋季，七月，咸宜公主将要出嫁，才加食邑实封至 1000 户。咸宜公主是武惠妃的女儿。于是其他的公主都加到 1000 户。

绝妙佳句

夫人富则不可以赏劝，贫则不可以威禁。